LOOKING BACKWARD 2000–1887

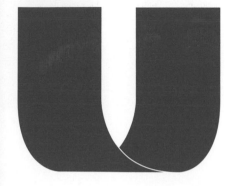

百年回首
2000—1887

Edward Bellamy

愛德華・貝拉米——著
譯——李函

NEW BLACK / 02

目錄

LOOKING BACKWARD
2000 1887

序言

黑伍德・布隆（Heywood Broun）

當我許多激進的朋友們提及愛德華・貝拉米的《百年回首》時，都會流露出一種特別的屈尊感。

「你懂吧，」他們說，「這並不是第一流的經濟學文獻。」

但深入交談後，我發現這些總是語帶諷刺的社會主義份子居然承認：「你知道嗎，讓我開始思考社會主義的書，就是貝拉米的《百年回首》。」

一開始，這就是本充滿煽動性的書，現在依然不變。書中許多問題的氛圍與技術，比起一八八七年，在一九三二年來得更具重要性。一篇《波士頓晚報》（*Boston Transcript*）的評論曾提到：這本書剛出版時，貝拉米想像中的新國度相當完善，但因為他將自己的烏托邦只設定在未來五十年後，而失去了劇情說服力；如果他將設定改為七十五世紀後，可能會比較好。

的確，設定上的五十年現在已經幾乎過完了。並非所有《百年回首》預測過的事都有成真，但錯的不是貝拉米，而是批評他的人。有些對於一八八七年《波士頓晚報》書評來說完全不可能發生的事，已經化為現實了。

由特定角度看來，愛德華．貝拉米描繪出的現代美國生活，已經幾乎完全實現了。讀到伊迪絲給朱利安．魏斯特看音樂排程時的章節，讓我嚇了一跳；她要他選擇要在音樂室中播放哪些組曲。貝拉米確實想像過透過電話線發送廣播，現代國內有些作法確實如此。但想想這句引言的的意義：

「他（里特醫生）示範如何透過旋轉幾個旋鈕，就能使房內充斥音樂，或使音量減低到像是微弱的回音，使聽眾無法判斷自己是否有聽到聲響，或者只是想像而已。」

那段文字幾乎就像來自某篇報紙的廣播專欄。

比起不上教堂就能聽佈道的可能性，貝拉米確實發現了更重要的未來。目前的蘇聯有許多方面都類似這本預言之書中所描繪的工業性軍隊。不過，貝拉米可不是共產主義的信徒，因為他不斷強調自身想像中的無暴力革命。他的確曾一度聲稱，他當代的左派份子利用自身的技術性哲學阻礙了改革。

他的書並不接受階級獨裁的轉換階段。他認為改變來自於大眾對資本主義系統失敗的認知。他察覺到在經濟發展的某個階段之中，資本主義甚至對資本主義份子也毫無幫助。對嚴格的馬克斯社會主義份子而言，這是深奧且荒謬的理論。對我來說，卻並沒有如此虛幻。世上已經發生過卡爾．馬克思（Karl Marx）的哲學完全無法想像的事了。

我想強調的是一種流行的觀點，該論點認為美國境內的激進活動源自於外國作家的作品。貝拉米自然熟悉馬克思的大作，也吸收了自己喜歡的部分。不過，他也發展出原創的思想貢獻。畢竟，這兩人在如何成就新世界的方法上，認知相當不同。就連托洛斯基[1]都明白，這種技術性差異和原則性差異一樣深奧。

1 譯注：Leon Trotsky，俄國十月革命指揮者。

貝拉米是個道地的新英格蘭人，來自波士頓與其偏遠的鄉間。當他大力宣傳合作性聯邦的必要性時，他的話語中帶著濃厚的新英格蘭風味。事實上，他就和我國社會主義黨現任領袖諾曼．湯瑪斯（Norman Thomas）一樣，是徹頭徹尾的美國人。

在貝拉米的新社會中，我無法對貫穿其中一條劇情線的愛情故事產生興趣，但該劇情也只是糖衣，不會影響任何讀者。

我是那些在大一時讀了《百年回首》，而對社會主義開始有興趣的人之一。上學期有堂課，被設計來證明所有極端解決方案都有概念上的缺陷；課堂上使用了這本書。教授的做法很公平，他在秋冬給我們激進行為的論點，並在春季與初夏擊破這些論點。

但冬天學到的東西，比在令人昏昏欲睡的溫暖五月與六月說出的話語，還更令人有印象。我可能在課程盡頭受了不少批判。我只記得自己對激進計畫的辯解，而忘了它們的缺點。

我和貝拉米熱愛批評他人的信徒不同，因為我覺得他較為接近實際並有可能性的生活態度。由於他願景中的許多神奇特點在半世紀內都成為現實，我想在接下來的五十年內，愛德華．貝拉米也會被認為是當代最傑出的先知之一。

關於作者

「我們企圖使用自身力量，
條件平等，裝備齊全。」
「但當興致興起，四肢便為之甦醒，
肌肉繃緊，心跳加速，
他便起身站穩。
他漫長的勝利旅途就此展開，
並成為真正的人。」

——白朗寧（Robert Browning，十九世紀英格蘭詩人）

偉大詩人的文字表達了愛德華．貝拉米撰寫他知名小說時的目標。那項目標在我國實現的方式，便是使我們建國的獨立宣言；它能使人們在平等的機會下得到立足之地，而因此——首次在沒有限制的情況下，嘗試上天賜予的可能性——達到前所未有的驚人成就。

自從《百年回首》將最傑出的其中一名年輕美國作家轉變為熱情洋溢的社會改革者後，已經過了十二年；他的事業注定對當代事件有重大影響。到目前為止，他的影響已經浮現在《海登霍夫醫生的診療》（*Doctor Heidenhof's Process*）和《路丁頓小姐的妹妹》（*Miss Ludington's Sister*）等浪漫小說裡，以及諸多充滿想像力的短篇故事中，這些故事都有相當原創的靈性主題。《盲人的世界》（*The Blindman's World*）和《接收對象》（*To Whom This May Come*）都在過去二十年的雜誌讀者心中停留了好一段時間。

《海登霍夫醫生》一度被認為是對不尋常力量的心理學研究。「本書作者，」一名英格蘭書評曾說道，「是霍桑[2]的直系智慧傳人。」美國國內也相當欣賞愛德華．貝拉米早期作品中的原創性與特殊風格。這些作品中有種強烈氛圍，預告了作者未來的發展。那股氣氛代表對人性固有良善的強烈信心，象徵了愛的真實本質。儘管《百年回首》表面上是浪漫小說，卻被廣泛認為是以小說文體呈現的偉大經濟學論述。少了這種表象，它就不可能得到現今的地位；這名小說家的文筆足以加強本書的可信度，並對讀者的想像力發揮強大的影響。十九世紀居民透過本書被傳送到二十世紀末；而書末的鮮明幻夢，則代表了經驗老到的小說家造就獨特作品的技術。如果世界不夠成熟到能接受這本書的話，它也無法獲得成功。萬事已然俱備，只需要東風揚起火苗。出版後十年內，它所幫助引起的火花已傳遍了世界。它指引了經濟學思考，並塑造了政治行動。

愛德華・貝拉米出生於一八五〇年——幾乎在十九世紀中期，而他的影響力也注定會持續至該世紀末之後。他的家鄉是麻塞諸塞州的契科皮瀑布（Chicopee Falls），該地現在是契科皮市的一部分，也是圍繞春田鎮（Springfield）的眾多鄉鎮之一。他住在教堂街（Church Street）上的一棟房屋中，那裡是他父親多年來的家；他父親是鎮上相當受歡迎的浸信會教士。貝拉米的神職背景可能影響到他充滿宗教性的天性。他的外公是班傑明・普特南牧師（Benjamin Putnam），春田鎮最早的牧師之一。他的父系祖先則有來自康乃狄克州伯利恆鎮（Bethlehem）的喬瑟夫・貝拉米博士（Joseph Bellamy）；他是革命時代的知名神學家，也是

2 譯注：Nathaniel Hawthorne，十九世紀美國小說家。

喬納森．愛德華茲[3]的朋友，和亞隆．伯爾[4]的導師。不過，宗教派系對他的影響隨著他的孩提時代一同消逝。但這股家傳習性，讓他的社會觀充滿強烈的反物質性與精神性；他的想法充斥道德目的性，他也認為單純的物質繁榮不值得作為社會理想。反之，他覺得物質福祉上的平等，是人類真正靈性發展的必要基石。

年輕的貝拉米進入斯克內克塔迪（Schenectady）的聯合學院（Union College）就讀，但他沒有畢業。在德國學習法律一年後，他取得律師證照，但從未執業。他較為喜愛文學工作，記者則似乎像是可行的入門途徑。他的第一份報社工作，是擔任《紐約晚報》（*New York Evening Post*）的職員，之後則轉往春田鎮聯合報（*Springfield Union*）。除了歐洲行外，他也穿過巴拿馬，前往夏威夷，回程則穿越了北美大陸；這強化了他不少地理觀。

特別的是，他的首次公開發言發生在青春期時，當時他還就讀當地一所學校；演講內容專注在社會改革意識上，這也預告了他未來的事業。當《百年回首》成為年度暢銷書時，某篇報紙上的報導指控貝拉米先生「招來了惡名」。對清楚作者靦腆、謙遜、又羞澀的個性的人而言，這聽起來太愚蠢了。而所有能利用這股文創成功來獲取財富的機會都被他捨棄了。他收到了能迅速帶來名聲的演說邀請、雜誌編輯對他筆下文章和故事的邀稿、和出版商所提出的新書建議，對方還打算趁機出版他的短篇故事集，並保證他會大發利市——他對這一切毫無感覺。兩三篇公開論述、書評雜誌中的幾篇文章、還有擔任他在波士頓成立的週報《新國度》（*The New Nation*）的編輯——這就是他在準備好第二次奮起前的所有公開活動。他對汙穢的利潤無動於衷，彷彿自己身為一世紀後他那新秩序中的孩童。他因為作品而結交的朋友們，明白他是位個性可愛的人；真正認識他的人，都相當喜愛他。他天性充滿同情；談吐則充滿自信與魅力，他談話時的反應迅速，話中帶有溫和的幽默感，有時還會吐露頑皮的諷刺話語。他不喜歡爭論，覺得這行為使人浪費體力在無用的討論上，也開玩笑地斷言如果家附近住了改革者，他就要搬家。

使《百年回首》與大多烏托邦文學不同的基本要素，在於奠基於國家上的有限工業性組織，與平均分配給在工業中所有成員的利潤，或是像天然資源般平均分給眾人的公眾收入，就如同呼吸用的空氣和飲用水；完全不可能在工業性產品上，以個人工業性勞力和個人分紅

3　譯注：Jonathan Edwards，十八世紀美國神學家。

4　譯注：Aaron Burr，十九世紀美國政治家，曾任美國副總統。

之間做出任何公平的產權比率。不過，本書不只是系統概述，而讀者在一段充滿沉思與研究的間隔後，便會發現書中許多重點都需要深入解釋。貝拉米先生晚年努力解釋新秩序中的經濟性與道德性基準；他認為這一切都會在社會進化中自然浮現。

《平等》（*Equality*）是他最後一本書的書名。這是比《百年回首》還特異的作品，本質上也是針對平等議題的深入經濟學論述。它是知名前作的續集，核心思想來自美國獨立宣言中的不朽開場（它被描繪為美國真正的憲法），內容合理地包含了國家賦予成員的整體經濟平等。「我國的基石是經濟平等，那不正是生命、自由、與幸福這三種權利所賦予的必要保證嗎？少了物質基礎，生命算什麼？而生命中的平等權，不就等於同等的物質基準嗎？自由是什麼？當人類得向同族要求勞動與生存的權利、並從他人手中乞討食物時，怎麼可能得到自由之身？除了提供帶有獨立權的勞動與生活方式，任何政府還能用什麼方式保障人民的自由？最後，眾人在追求幸福上的平等權又代表了什麼？只要取決於物質因素，有哪種幸福與經濟狀況沒有關聯？除了確保經濟平等外，又有什麼方式能保證人民在追求幸福上有平等機會呢？」

本書充滿想法與建議式觀點，也充滿適合引用的言論，使它提供了新民主系統的信徒們大量論點。和《百年回首》一樣，善良又細心的讀者會放下《平等》，並觀察自身週遭的世界，感覺自己像個剛從鄉間週末回到充滿臭味、噪音、和無止盡騷動的租屋處的孩童。

但撰寫《平等》對作者的體力與生命都太艱難了。他從不強健的健康狀態完全崩潰；靠著強大的心志來控制虛弱的身體以完成該書，無疑是英雄之舉。肺結核，這常見的新英格蘭傳統疾病，突然發生在他身上，而在一八九七年九月，貝拉米先生和家人前往丹佛（Denver），打算找尋他覺得難以發現的解藥。

由於他的作品在西岸大受歡迎且廣為人知，他受到的歡迎陣仗為他帶來晚年最大的喜悅。信件從礦工營區、農場和村落中寄來，讀者們都希望能為他作些什麼，以表現自己的敬愛之意。

之前提過貝拉米先生的誠懇個性，他也不願出席任何私人或公開活動，這可能也讓他無法理解自己的國際知名度。這位作者十年內在英格蘭與美國賣出幾近一百萬本書，作品還被翻譯成德文、法文、俄文、義大利文、阿拉伯文、保加利亞文等許多其他語言，而當他抵達離老家兩千英哩的地方時，卻發現當地的人都認識他。

他非常感激科羅拉多對他的歡迎；當他在一八九八年四月離開當地時，他明白自己即將離世。

他死於五月二十二日的週日早晨，當時是他回到自己急於重返的老家後一個月，留下了他的寡婦和兩名幼子。

在當地舉辦的簡單葬禮上，他身邊圍繞著親友，並朗讀以下出自《百年回首》與《平等》中的段落，內容充滿改善人性的希望，這同時也是他清高的一生中真正的使命。

「舊約聖經中的蛇不是說過嗎？『如果你們吃下知識之樹的果實，便會成為神祇。』這句允諾確實說出了真相，但對樹的描寫明顯有些錯誤。或許那要不是自私知識之樹，不然就是果實尚未成熟。故事劇情非常模糊。之後基督在告訴人們說他們可能是上帝之子時，也說過一樣的話。但他並沒有犯錯，賜予對方的果實也成熟了。那是愛之果實，因為博愛是最高級、也最徹底的知識種子與果實，也代表原因與後果。透過無盡的愛，凡人轉變為天神，並因此理解自身與上帝的一體性，也掌控了世上的一切。『如果我們愛彼此，上帝便居住於我們心中，祂的愛也在我們身上轉趨完美。』『愛兄弟的人便居住在光芒中。』『如果有人說自己愛神，卻憎恨自己的兄弟，那麼他便是騙子。』『不愛兄弟的人將陷於死亡之中。』『上帝便是愛，居住在愛之中的人，便居住在上帝心中。』『付出愛的人都認識上帝。』『付出愛的人肯定認識上帝。』

這是基督教誨的精華，祂提及了進入聖潔生活的條件。在此之中，我們找到了足夠的理由，來解釋為何基督和其他受到啟蒙的靈魂在古代得到了啟示，而非人性的社會秩序卻成了凡人與上帝間的高牆，使得人們無法開悟；也能理解為何當那道牆被推倒時，啟蒙智慧便會像陽光般灑上大地。

『如果我們愛彼此，上帝便居住在我們心中。』看看這句話如何成真。透過這種方式，人類最後終於找到了上帝！尋找上帝並非記憶中、或直覺上故意做的行為。人類對推翻舊秩序、建立兄弟會式社會的傾向，並非來自上帝的靈感。這是種充滿人性的行動，它代表溫暖人心的相觸；那是充滿悔悟與悔意的溫柔情感，和充滿熱情的博愛，與對大眾福祉所投注的奉獻。但『如果我們愛彼此，上帝便居住在我們心中』，人類因此找到了真理。在人類史上似乎出現過最具昇華性的一刻，隨著新同胞們的世界散發出充滿兄弟情誼的光輝時，這種情感似乎混合了無法言喻的上蒼參與感，彷彿上帝的手正覆蓋住人類牽著彼此的手。這一切持續至今，也將延伸到未來。

你們的先知和詩人都曾在特定時刻中，觀察到死亡只是生命的一個階段，但大多人難以接受這件事。當現代人的生命走到盡頭時，與其鬱鬱寡歡，反而會浮現一種熱情的期待感；要不是因為年輕人明白過了一陣子後，自己也會來到相同的門檻，可能還會羨慕起老人來。在你的時代，生命的意義似乎代表了無法言喻的悲傷，就像住在海邊的人會聽到的海浪呻吟，在忙碌的俗事噪音停歇時響起。這股聲響現在變得十分雀躍，我們也能聽見它。

你問道，當無法計量的世代消逝時，我們該找尋什麼？我回答：道路在我們面前不斷延伸，但結尾消失在光芒中。因為人類向『身為我們家園』的上帝回歸的旅途有兩種意義，一種是個體透過死亡回歸，另一種則是種族透過完成演化而回歸，此時藏匿在基因中的神聖奧秘應該都已解開了。我們為黑暗過往流下一滴淚，接著轉向炫目的未來，並遮著雙眼往前邁進。旅途中漫長又疲倦的冬天要結束了。夏日已然展開，人類破繭而出，天堂就在眼前。」

有些人大力駁斥愛德華．貝拉米的理想，認為那純粹奠基於物質福祉。但在面對上述言論時，他們還能維持同樣的態度嗎？

席維斯特．巴斯特（Sylvester Baxter，十九世紀美國報紙作家）

作者前言

我們活在二十世紀末期，享受曾一度單純且有邏輯性的社會秩序所帶來的幸福生活，這種秩序曾被視為常理的勝利；因此對缺乏歷史性研究方向的人而言，很難理解目前的社會結構其實維持不到一世紀。不過一直到十九世紀末，一般人還相信古老的工業系統——包括它所有恐怖的社會性後果——註定永遠持續下去，可能只會有一丁點修改；大家普遍接受了這件史實。在那之後，如此驚人的道德與物質改變，居然會在這麼短的間隔中發生，令人驚奇又難以置信。人們準備好強化自身條件，在計畫上似乎完美無缺；這種想法也相當迷人。只能以未來世代的感謝之意安慰自己的改革者們，該如何調整自己的熱情？

沙姆特學院歷史系，波士頓
二〇〇〇年十二月二十六日

本書的目標是協助想更深入了解十九世紀和二十世紀之間的社會差距、卻畏懼此議題中表面歷史元素的人。某位老師用經驗警告過，學習會讓肉體感到相當疲憊，因此作者企圖將本書的教育性質以小說方式呈現，認為這樣還能表現出獨特的故事性。

熟悉現代社會體制與基本原則的讀者們，有時也許會發現里特醫生對上述事物的解釋相當陳腐——但得記好，對里特博士的訪客來說，這些解釋並非理所當然，撰寫本書的目的也是為了促進讀者忘記這點。再說一點，迎接這次千禧年的作家與講者講述了幾乎相同的主題：專注於未來，而非過去；不注意過往出現過的改善，而將焦點放在未來將做出的進步上，直到人類達成無可言喻的至高命運。這樣很好，非常可取，但對我而言，除了「回首」過去一百年中的進步歷程以外，我們無法大膽預測下一千年的人類發展。

作者希望，對本書主題有興趣的讀者，能無視論述中的部分缺陷；因此作者要在此打住，讓朱利安・魏斯特先生（Julian West）講述他的故事。

第一章

我在一八五七年首次見到波士頓市區中的燈火。你說：「什麼？一八五七年？真怪。他是說一九五七年吧。」抱歉，但我沒說錯。當時不是一九五七年，而是一八五七年聖誕節後的十二月二十六日下午四點。此時，我首度呼吸到波士頓的東風；我向讀者保證，當下的氣溫跟兩千年時的現代同樣冷冽刺骨。

這些話聽起來十分愚蠢，特別是從外表看來，我只是個約莫三十歲的年輕人；也怪不得別人拒絕聽信彷彿在愚弄自己的言論。儘管如此，我真心向讀者保證，我並不想強迫你；如果你願意再看幾頁，我便能說服你。如果讀者容我繼續，那在假設我比讀者還清楚自己何時出生的前提下，我就繼續闡述。每個學生都知道，在十九世紀末，今日的文明——或類似的文化——都尚未存在，不過構成因素已經在醞釀中了。但是，從未有人將社會分成四個階級，或更洽當地將其稱為國家；因為它們內部的貧富與教育差異，比現今任何社會都還要大。我自己非常有錢，也受過教育，因此擁有那時代最幸運的人們所佔有的一切幸福因子。我住在豪奢環境中，只專注在生活中的娛樂，靠別人的努力而活，完全沒有付出任何代價。我的父母和祖父母以同樣的方式生活，如果我有子孫的話，他們大概也會過著輕鬆的生活。

你問道，但我該如何在不為世界出力的情況下生活？世界為何要扶養能貢獻一己之力、卻不做事的懶人？答案是，我的曾祖父累積了一大筆遺產，他的後代則靠著這筆財富度日。你一定會推測，這筆錢的金額龐大到能讓三代子孫衣食無虞，不過，這並非事實。金額的確很高，事實上，在三個慵懶無業的世代後，這筆錢的金額居然比一開始還高。這股魔法般的謎團就像不會耗盡的能量、或沒有燃燒卻出現的溫度一樣，但其實只是一種巧妙技術；這項技術現已失傳，不過卻由你們的祖先將其提升至完美，能將維持個人生計的重擔施加到別人身上。據說達到這種受人稱羨目標的人，就靠著自己的投資收入維生。要解釋古老的工業技術如何造成這種狀況，會拖延我們的時間。我做個簡短的解釋：投資利息是種永久性稅金，擁有或繼承財產的人，能從相關工業製造的產品中徵收此稅金。這種對現代人看來相當怪異且可笑的制度，從未得到你祖先們的批評。早期的立法者與宣導者們得大力抹殺利息，或至少將它限制在最小額度。不過，這些努力都失敗了；只要古代的社會組織還佔有勢力，就不可能反抗它們。在我下筆的十九世紀晚期，政府已完全放棄管制這項議題。

透過讓讀者明白當時人們的生活方式，特別是富者與貧者之間的關係，也許我就能更妥善地描述當時的社會；當時的人們彷彿在崎嶇又充滿砂石的路上，拖行一輛龐大的馬車。司機就是飢餓，也不允許人們放慢速度，不過速度原本就非常緩慢。儘管在這種路上駕車著實不易，車頂卻坐滿了從不下車的乘客，即使在最陡峭的斜坡上，他們也不願下車。車頂的座位微風徐徐，也十分舒適。乘客們遠離底下的塵土，輕鬆享受野外風光，或激烈討論備受壓力的車隊的優點。這種座位的需求量自然很高，也引發了激烈競爭；每個人生命中的首要目標，都是得到馬車上的車位，並將之留傳給自己的孩子。根據馬車上的規定，乘客可以將座位留給自己想要的繼承對象，但另一方面而言，許多意外也經常讓座位消失。儘管坐起來相當舒服，座位卻很不安全；每次馬車一震，都會有人從座位上摔落到地面，接著他們會被迫立刻抓起繩索，幫忙拖行之前自己曾輕鬆乘坐的馬車。失去座位被認為是可怕的惡運，乘坐在馬車上的人，一想到這種事可能會發生在自己或朋友們身上，心情就有如烏雲籠罩。

你會問，但他們只想到自己嗎？明知自己的兄弟姊妹正在拖車，自身的重量還加重了他們的負擔，不會讓這些人感到難以享受嗎？他們對命運乖舛的同胞們沒有同情心嗎？對：乘客經常對拖車工表達憐憫，特別是在馬車經過經常出現的顛簸路面，或是特別陡峭的山坡時。在這時候，壓力讓團隊在飢餓無情的鞭打下蹦跳或摔倒，許多人在拉扯繩索時昏倒，並在泥巴地上遭到踐踏；這是令人不捨的畫面，也經常讓車頂的乘客流露同情。此時乘客會鼓勵地向拖車工們叫喊，要對方保持耐心，並讓對方覺得也許能在另一個世界逃離俗世的苦難；其他人則為傷者購買藥膏與擦劑。大家都認為馬車這麼難拉確實是件糟糕的事，通過難走的路面時，眾人也紛紛鬆了口氣。不過，放鬆的原因並非為了拖車工，而是這些地帶總有些能讓所有人摔落的危險。

事實上，拉扯繩索的拖車工所流露出的悲苦情感，能讓乘客更珍惜車上的座位，並使他們抓得更緊。如果乘客們確定自己和朋友們不會從車頂摔落，也許除了貢獻購買藥膏與繃帶的經費外，他們就完全不會在乎拖車工們的辛勞。

我很清楚這對二十世紀的男女而言相當不人道，但有兩項能提供解釋的事實。首先，大眾普遍相信多數人拉車、少數人乘車是社會上唯一的生存法則；而且，在拉車韁繩、馬車本身、道路狀態、或是苦力的分配上不可能有重大改革。一切從古至今就是如此，未來也不會有變化。這很可悲，但沒人能改變事實，哲學也禁止眾人把同情浪費在補償以外的行為。

另一件事較為特異：馬車上的乘客普遍都有一種幻想，認為自己與拉扯繩索的兄弟姊妹不同，出身更為高貴，也屬於理應享受他人努力成果的高等種族。這想法似乎莫名其妙，但由於我也曾乘坐在這輛馬車上，也產生過這種幻想，因此能理解這點。關於這種幻想最奇怪的一點，便是剛從地面上爬起的人們，在手上的繩索痕跡都還沒消失時，就會開始受到幻想的影響。至於那些祖父母與父母已為自己留好座位的人，便對自己與他人的基本差異深信不疑。這種妄想會使人將對大眾的苦難產生的感覺，解讀為離自己遙遠又充滿哲理的同情心。在我描寫的時代中，我用這種憐憫心態，來緩解自己對受苦同胞的無感。

一八八七年，我剛滿三十歲。儘管還沒結婚，我也已經與伊迪絲．巴萊特（Edith Bartlett）訂婚。和我一樣，她也坐在馬車頂端。這種解釋是為了免去過多繁瑣解釋，讓讀者明白我們當時的生活情況，以及她的富有出身。在那個時代，金錢控制了生活中一切良好事物，而女人只要有錢，就會有追求者；但伊迪絲．巴萊特同時也兼具美麗與優雅的特質。

我猜，女性讀者會抱怨這點。我聽見她們說：「儘管她長得美，穿了那時代的服裝卻絕不優雅；一英呎高的頭罩就是個令人頭暈目眩的裝置，以人工方式加長的誇張長裙，也比任何女裝裁縫師的古代設計來得更缺乏人性。哪有人穿了這種洋裝會變得優雅?」我明白這點,也只能回答:儘管二十世紀的女性表現出該如何用恰當的衣物凸顯出女性特色,我對她們曾祖母的回憶依然使自己能無視於過往女性不佳的衣著。

等我蓋完我們未來將居住的房屋,就會進行婚事,屋子則位於城市內較受歡迎的地段;意思是說,該地區的主要居民都是有錢人。讀者得了解,當時波士頓各地區的居住吸引力並非取決於自然風光,而是鄰近居民的素質。每個階級——或國家——都居住在自己的地盤中。住在貧民之間的富人,或處在文盲之中的學者,感覺就像獨自住在充滿妒意的異族之間。房子開始興建時,預期的完工時間是一八八六年冬季。不過,隔年春天也還沒蓋好,我的婚事也尚未成真。讓熱血的情人感到焦慮的延遲理由,是一連串的罷工。砌磚工、石匠、木匠、油漆工、水管工,和其他與建築業相關的行業一同拒絕上工。我不記得這些罷工事件的緣由,當時的罷工行為普遍到人們已不再過問該活動的理由。自從一八七三年的大型商業危機後,各業界就不斷罷工。事實上,很難看到任何種類的勞工花幾個月穩定地執行自己的工作。

觀察這時期的讀者,自然會在這些工業騷動中,發現首波奠定現代工業系統的社會事件。這點明顯到連小孩都能透過回溯歷史而理解，但由於當時的我們並非先知，便完全不清楚自己身上發生的事。我們只看出國家在工業上出現了非常怪異的狀況。勞工和雇主，與勞動和資本間的關係，以某種無法解釋的方式被扭曲了。勞動階級突然對自身狀況感到強烈不滿，也認為如果自己知道如何脫離這種困境，狀況就會改善。他們在各層面都做出同樣的訴求，要求更高的薪水、更短的工時、更好的居住環境、更好的教育優勢、與分享日常奢侈品等各種不可能成真的要求，這些訴求只有世界變得比當時更富有才可能達成。儘管他們清楚自身的部分訴求，卻不知道該如何達成目標；而使他們樂於圍繞在任何可能啟發解決方式的人周圍這股熱忱，也使許多任期短暫的領袖人物出現，其中有些領袖則毫無智慧。儘管勞動階級的夢想似乎只是一場空談，他們在罷工——這是他們的主要武器——之中用以支持彼此的奉獻之心，與經歷過的犧牲，無疑地解釋了他們的積極態度。

至於勞工問題（這是最常用於形容上述行動的名稱）的最後結果，和我同階級的人們則依自身性格提出了不同的意見。樂觀份子強烈認為不可能達成勞工們的新希望，因為世上沒有足夠資金能滿足他們。人類沒有立刻餓死的原因，是由於人們努力工作，並只獲取少量補給；當全世界都如此窮困時，便不可能改善他們的狀況。這些人認為，勞工對付的並非資本主義份子，而是人類困苦的生存環境；而勞工們何時能明白現況，並承受自己無法解決的問題，就只能看他們自己的智慧了。

較不樂觀的人們接受了這一切。勞工們的期許自然會因天然條件而落空，但可怕的是，他們可能會在弄懂這件事前，就把社會搞得一團亂。他們有力量這麼做，他們的領袖也如此要求。部分沮喪的觀察者還預測了即將到來的社會大災難。他們認為，在爬到文明頂端後，人類就準備一頭栽入混亂之中；之後又將再度崛起，並轉身重新開始攀爬。歷史上與史前時代這類重複經驗，可能造就了人類頭骨上的特異突起。和所有大事件一樣，人類歷史也有週期性，總會回到原點。直線型的無限進步過程是想像出來的結果，與自然界完全不同。彗星的拋物線還比較能描繪人類的發展。人類往上攀升，遠離野蠻生活，在抵達文明高峰後，卻再次墜入混亂的深淵中。

這自然是極端想法，但我記得自己認識的嚴肅人士們在討論當代事件時，想法也相當雷同。對深思熟慮的人們而言，社會正邁入可能導致強烈變革的重要時期。報紙和嚴肅話題中總是充斥著勞工問題、勞工的目標與方向，還有解決之道。

最能描繪大眾緊張氛圍的事件，來自一小搓自稱無政府主義者的人。他們企圖透過暴力威脅，來恐嚇美國民眾接受他們的想法。他們以為剛在內戰中擊潰一半國民的大國，會為了維持政治體系，而害怕地接納新社會系統。

身為富人的一員，也從現有體制中獲利，我自然和同階層的人們有同樣的觀感。我在當時對勞動階級的不滿情緒，則因為他們拖延了我的幸福婚事，而更使我對他們產生一股特殊敵意。

第二章

一八八七年五月十三日是星期一。那是十九世紀最後三分之一的時期裡其中一個國定假日，稱之為先烈紀念日（Decoration Day），這節日是用來紀念參與南北戰爭的北軍士兵。戰爭中的生還者會在軍方、民間團體與樂隊的簇擁下，在這天拜訪墓園，並將花圈安放在陣亡同袍的墳前；典禮非常肅穆感人。伊迪絲．巴萊特的大哥在戰場上過世，因此在先烈紀念日當天，全家人都會去拜訪他位於奧本山（Mount Auburn）的墓地。

我請求他們讓我同行，而當我們在晚間回到市區時，我也留下來和未婚妻的家人吃晚餐。用餐後，我在客廳拿起一份晚報，並讀到建築業最新的罷工事件，這可能會使我不幸的房屋再度延遲完工。我還記得當時自己有多焦急，也在女士們面前，盡可能措辭委婉地責備這些勞工，特別是罷工者。周遭的人對我表達同情，而在隨後關於罷工者無理取鬧行為的話題中，也出現了不少針對這些抗議人士的激烈話語。大家都同意，事情已經迅速惡化，也沒人能猜到事態接下來會如何演變。「最糟的狀況，」我記得巴萊特太太這麼說道，「是全世界的勞動階級都同時發瘋。歐洲的狀況比這裡還糟，我完全不敢住在那。前幾天我問巴萊特先生，我們是否該移民到沒受到這幫社會主義份子威脅的地區。他說除了格陵蘭、巴塔哥尼亞和中國以外，他不知道還有哪裡的社會算得上安定。」某人說：「當那些中國人拒絕讓我們的西方文明入境時，他們做得太對了。他們比我們還清楚此舉的後果。他們明白，那是披了羊皮的狼。」

之後，我記得自己將伊迪絲拉到一旁，試圖說服她在房子蓋完前就先結婚，並將等待房子完工的時間拿來旅行。當晚她非常美麗，為了紀念日而穿的喪服將她襯托得更為純潔。此刻在我心中還能看見她當晚的模樣。當我離開時，她跟著我走進大廳，我則一如往常地和她吻別。完全沒有跡象顯示，這次分離和我們之前的分別有什麼不同。我和她心中毫無預感，認為這只是普通的別離。

唉，可惜呀！

我離開未婚妻時的時間對情人來說有點早，但這和我對她的愛無關。我深受失眠所苦，儘管身體狀況良好，當天卻非常疲累，因為前兩晚幾乎沒睡多少。伊迪絲明白這點，邊堅持在九點送我回家，也嚴格命令我立刻上床。

我居住的房屋已經歷過三代家族成員，我則是目前唯一的直系子孫。這是座古老的龐大別墅，造型古典又優雅，不過位置則座落在不受歡迎的地點，因為該區充滿租屋處與工廠。我不認為該讓新娘住在這種房子裡，更別提新娘是伊迪絲．巴萊特這種美女了。我掛出售屋廣告，也只在此過夜，用餐時則去我的俱樂部。有位個性特異的僕人，名叫索伊爾（Sawyer），和我住在一起，並照料我的生活起居。如果我離開這棟房子，它最讓我想念的一點，就是我在地基下蓋的這座寢室。我無法在市區中入睡，如果我被迫在樓上睡覺，便會被夜晚無止盡的噪音吵得無法入眠。但在這座地下房間中，上層世界的聲響完全傳不進來。當我走進房內並關上門時，就被墓穴般的寧靜所包圍。為了避免土壤中的濕氣滲入房內，牆壁以液壓水泥建成，也非常厚實，地板也受到了同樣的防護。為了保存重要物品，房間也得作為能抵擋暴力與火災的金庫；因此我用石板將它的天花板密封起來，外側門板則是用鐵製成，上頭包覆了一層厚厚的石棉。有座連結到屋頂風車的小煙囪，則提供了流通的空氣。

待在這種房間裡，應該能讓人安心睡著，但我很少睡得好，即使是在這房裡待了兩晚也一樣。由於我太習慣失眠，因此不太在意一夜沒睡。不過第二晚時，光是待在扶手椅上，就讓我精疲力盡；累成這樣時，由於不想讓自己神經失調，我總會強迫自己上床睡覺。從這點可以顯示，我有一些能強制自己入睡的人工做法。在兩晚沒睡後，我發現自己可能連第三晚都睡不著，於是我聯絡了菲爾斯伯里醫生（Dr. Pillsbury）。

他只是名義上的醫生，這種人當時被稱為「江湖郎中」或「密醫」。他稱自己為「動物磁流學教授」[5]，我是在對動物磁流學進行業餘調查時認識他的。我不認為他對醫藥有任何了解，但他肯定是個厲害的催眠師。當我一覺得第三夜即將失眠，便找他來用催眠使我入睡。儘管我的神經緊張症狀或心事是如此強烈，菲爾斯伯里醫生卻從未失敗過；一會兒後，他就能讓我進入熟睡狀態，直到我被反催眠方式喚醒。叫醒睡眠者的過程比讓人入睡簡單，為了方便，我也請菲爾斯伯里醫生教了索伊爾這種方法。

只有我的忠僕知道菲爾斯伯里醫生來訪的目的。當然了，等伊迪絲成為我的妻子時，我也得把這秘密告訴她。目前我還沒有提及這件事，因為催眠狀態肯定有風險，我也清楚她會

---

5 譯注：animal magnetism，催眠的別稱。

反對。風險自然是睡眠者陷入太深沉的睡眠狀態，使催眠者無法喚醒對方，最後導致死亡。重複多次實驗後讓我明白，只要有妥善的預防措施，這種風險發生的機率便微乎其微；我希望能透過這點勉強說服伊迪絲。我離開她後便直接回家，並立刻請索伊爾找菲爾斯伯里醫生來。在此同時，我則走進地下寢室，換上較為舒適的睡衣，坐下來閱讀索伊爾放在我書桌上的晚間信件。

其中一封信來自負責我新家的建築師，他確認了我從報紙上得出的推測。他說，新的罷工事件會使工程無限期停工，因為業主與勞工們得花很長一段時間，才能達成和解。卡利古拉[6]希望羅馬人民有同一個他能砍斷的頸子；而當我閱讀這封信時，我對美國的勞動階級也有同樣的願望。此時索伊爾帶了醫生過來，打斷我陰鬱的沉思。

索伊爾找到醫生的過程似乎有些困難，因為醫生當晚正準備離開城市。醫生解釋道，自從上次來看我後，他得知了在某座遙遠城市中有個條件不錯的工作名額，並決定前往試試運氣。當我緊張地問道該找誰幫我入睡時，他給了我幾個波士頓催眠師的名字，並保證他們和自己一樣優秀。

感到有些放心後，我指示索伊爾在隔天早上九點叫醒我，然後穿著睡衣躺下，擺好舒適的臥姿，並接受催眠師的暗示。也許是因為我不尋常的緊張狀態，我失去意識的時間比平常更久，但最後依然被甜美的睡意所籠罩。

6 譯注：Caligula，羅馬帝國第三任皇帝。

第三章

「他要睜開眼睛了。他最好只看到我們一個人。」

「那答應我，你不會告訴他。」

第一個嗓音來自某個男人，第二人則是女人，兩者都壓低聲音說話。

「我來看看他的狀況。」男人回答。

「不，不，答應我。」另一人堅持道。

「順她的意吧。」第三人說道，對方也是個女人。

「好吧，我答應。」男人回答。「快離開！他要醒來了。」

外頭傳來布料摩擦聲，我則睜開雙眼。一名年約六十歲的英俊男子正傾身看我，臉上的和藹表情混雜了好奇心。他是個陌生人。我用一邊手肘撐起自己，並四處觀望。房內空無一物。我完全沒來過這裡，或進過類似的房間。我往回看我的同伴，他露出微笑。

「你還好嗎？」他問。

「我在哪？」我質問道。

「你在我家。」這是他的回應。

「我怎麼會在這裡？」

「等你好一點，我們再談這件事。在此同時，我希望你別感到緊張。你身邊都是朋友，你也受到妥善照顧。你感覺如何？」

「有點怪。」我回答。「但我猜沒事。你能解釋我為何被你照顧嗎？我怎麼了？我怎麼在這裡？我原本睡在自己家裡。」

「之後會有時間解釋。」我陌生的東道主回答，一面露出令人安心的微笑。「在你康復前，說話最好別太激動。你可以喝幾口這種藥嗎？這對你有益，我是醫生。」

我接過玻璃杯並在沙發上坐起身，但這動作有些費力，因為我的頭莫名地暈眩。

「我得知道自己在哪，還有你對我做了什麼。」我說。

「親愛的先生。」我的同伴回答。「請不要激動。我希望你先別聽答案，但如果你堅持，我就試著回答；不過你得先喝點藥，這能讓你有點精神。」

因此我喝了他給我的東西。接著他說：「你要我告訴你你是怎麼來到這裡的，但事情沒這麼簡單，對此你和我的認知差不多。你才剛從熟睡中醒來，或者該說是沉眠，我只能這樣告訴你。你說自己睡著時，待在自己家裡。我可以問是什麼時候嗎？」

「什麼時候？」我回答，「什麼時候？當然是昨天晚上，大約十點，我要我的僕人索伊爾在九點叫醒我。索伊爾怎麼了？」

「我無法告訴你那點。」我的同伴回答，並用奇特的神情望著我，「但我很確定他不在這裡是有合理解釋的。你可以告訴我，你睡著時的明確日期嗎？」

「當然是昨晚呀；我剛說了，不是嗎？除非我睡了一整天。天啊！不可能呀；但我又覺得睡了很久。我睡著時是先烈紀念日。」

「先烈紀念日？」

「對，三十號星期一。」

「不好意思，幾月的三十號？」

「這個月呀，除非我睡到六月了，但不可能呀。」

「這個月是九月。」

「九月！你是說我從五月睡到現在？天啊！太誇張了。」

「我們來想想。」我同伴回答。「你說你睡著時是五月三十日？」

「對。」

「請問是哪年？」

我眼神空白地盯著他，有好一陣子說不出話。

「哪年？」我終於虛弱地開口。

「對，哪年？只要你告訴我，我就能說你睡了多久。」

「一八八七年。」我說。

我同伴堅持要我從玻璃杯中再喝一口，並量了我的脈搏。

「親愛的先生，」他說，「你的態度像是個有文化素養的人，我也明白在你的時代，這是普遍的習慣。不過，你肯定也認為世上沒有比文化素養更重要的事了。一切事出必有因，而結果也相對重要。你一定會對我接下來要說的話感到訝異；但我相信你不會因此失去冷靜。你外表看起來是個三十出頭的年輕人，身體狀況也與剛從長眠中甦醒的人相似，不過現在是二〇〇〇年九月十日；你已經睡了一百一十三年三個月又十一天了。」

我感到有些暈眩，便聽我同伴的話又喝了點東西，並立刻感到疲倦，然後陷入熟睡。

當我醒來時，房裡充斥著陽光，之前我醒來時，房裡只有人工光源。我神秘的東道主坐在附近。當我睜開雙眼時，他並沒有看我，因此我有機會能在他發現我醒來前先觀察他，並思考自己獨特的處境。我已經不暈了，心智也很清楚。之前虛弱的我，對自己睡了一百一十三年的故事深信不疑，但我現在只覺得這是一場荒唐的騙局，也不知動機為何。

我在這棟奇怪屋子裡醒來，還碰上奇怪同伴這件事，肯定有某種奇妙理由，但我完全無法想到真相。我成了某種陰謀中的受害者嗎？看起來肯定是這樣；但如果人性可靠的話，這人肯定站在我這一邊；他的臉孔看起來斯文又天真，不像會參與任何犯罪活動的人。接著我又想到，自己是否中了某個朋友精心設計的圈套，對方可能得知我地下密室的秘密，並打算用這招提醒我催眠實驗的風險。這理論中有許多問題：索伊爾不可能背叛我，我也沒朋友會耍這種花招。不過，我中了朋友的計這點，似乎是唯一可靠的答案。我有些期待看到在椅子或窗簾後竊笑的熟悉臉孔，並仔細地觀察了房間。當我把目光停在我同伴身上時，發現他在看我。

「你睡了十二小時。」他簡短地說。「我看得出這對你有好處。你看起來好多了。你的氣色很好，眼睛也夠明亮。你感覺如何？」

「我從沒感覺這麼好過。」我坐起身說。

「你自然記得剛醒來的狀況，」他繼續說。「還有當我告知你睡了多久時，自己有多訝異吧？」

「我記得，你說我睡了一百一十三年。」

「沒錯。」

「你知道，」我說，一面露出諷刺的笑容，「這故事太不可思議了吧。」

「確實如此，」他回答，「但在適當情況下，這並不與我們對催眠狀態的理解相差太多。像你一樣受到徹底催眠時，身體機能就會暫停，也不會產生廢料。當外界條件保護肉體不受傷害時，催眠狀態就能無限期持續。你的催眠持續時間是目前最長的紀錄，但如果你沒有被發現，而我們發現你的房間也維持密封的話，你可能會無限期維持睡眠狀態，直到冰凍的地球摧毀了你的身體，你的靈魂才會重獲自由。」

我得承認，如果這是玩笑，幕後主使者可是選了個不錯的發言人。這人的態度與能說善道的口才，甚至能說服他人相信月亮是起司做的。我在他解釋催眠狀態時所露出的微笑，並沒有使他感到困惑。

「或許，」我說，「你可以告訴我一點發現這座密室時的細節，還有房內的東西。我喜歡有趣的幻想。」

「在這種情況下，」他嚴肅地回答，「幻想往往比現實還來得奇怪。你得知道，很多年來，為了處理我想嘗試的化學實驗，我一直想在這座房屋旁的大花園裡蓋一座實驗室。最後地窖的開挖工程在上星期四開始，當晚工程就結束，石匠們也預計在周五過來。星期四晚上下了場滂沱大雨；週五早上，我發現地窖成了座池塘，牆壁也被沖倒了。和我一起出來檢視這場災難的女兒，則叫我去看其中一面牆崩塌後，露出的一角石牆結構。我清掉上頭的部分泥土，發現那是大規模結構的一部分，於是決定要好好調查。我找來的工人從地下挖出了長八英呎的橢圓形金庫，這金庫被建築在某座古老房屋的地基角落。金庫頂端的一層灰燼與焦炭顯示出上頭的房屋被火燒毀。金庫本身毫髮無傷，水泥牆面和完工時一樣良好。它有一道門，但我們無法強行開門，只能透過挖開構成屋頂的其中一塊石板，才能進入庫內。我帶著一盞提燈降入金庫中，發現自己處在一處以十九世紀風格裝潢的臥房，床上躺了個年輕人，我自然認為他已經死了一世紀；但該軀體的良好狀態讓我和同行的醫生們非常訝異。我們不敢相信這種屍體防腐技術居然曾經存在，但祖先們擁有這項技術的鐵證似乎就在眼前。我的醫生同僚們被激起了強烈好奇心，立刻打算進行實驗，來檢測這項技術，但我阻止了他們。我這樣做的原因，至少就目前而言，是因為我想起曾讀過你的當代人士曾鑽研過動物磁流學。我碰巧想起，也許你正處於沉眠狀態，而使你身體機能維持這麼久的原因並非防腐措施，而是生命力。就連對我來說，這想法也十分誇張，為了避免被其他醫生嘲笑，我並沒有提起這件事，進而用其他理由延後他們的實驗。不過，一等他們離開，我就企圖進行復甦行動，你也知道結果了。」

這段話令人瞠目結舌，故事也相當奇特，加上敘事者的口才與態度，使聽眾難以不感到訝異，而我也開始覺得非常怪異。但他一說完，我就瞥見房間牆面上掛著的鏡子中反映出的倒影。我站起身，往鏡子走了過去。我看到的臉孔，完全不比我在先烈紀念日當天綁起領結、並去找伊迪絲時衰老一分一毫。照這人要我相信的說法，那節日發生在一百一十三年前。想到這點，我就立刻覺得被龐大騙局擺了一道。當我想到被佔了多少便宜，就感到一陣光火。

「你可能會感到訝異，」我的同伴說，「看到自己儘管比在地下房間睡著時老了一百歲，外表卻毫無變化，別感到吃驚。正是因為身體機能全數暫停，你才能度過這麼長的時間，如果你的身體在催眠狀態下經歷了任何改變，很早以前你就該腐化了。」

「先生，」我回答，一面轉身面對他，「我完全無法猜出，你究竟是為了什麼才不動聲色地跟我瞞天扯謊；但你以為自己太聰明了，不覺得只有笨蛋才會被這種故事騙倒。少跟我說廢話，告訴我你究竟要不要說明我在哪，又是怎麼過來的，不然的話，無論有誰阻擋，我都要靠自己找出真相。」

「那麼，你不相信現在是二〇〇〇年？」

「真的有必要問我這種問題嗎？」我回答。

「很好。」我奇特的東道主說。「既然我無法說服你，你就得說服自己。你的體力足夠讓你跟我上樓嗎？」

「我跟以往一樣健壯。」我憤怒地回應，「我會證明這點；這玩笑已經開得太過頭了。」

「先生，拜託你，」我同伴說，「別執著地認為自己受騙，不然當你相信我的說法時，反應會太過激烈。」

他的關切語氣中帶著憐憫，同時也不對我的激烈言詞抱持任何怨氣，讓我感到莫名地害怕。我內心五味雜陳地跟著他離開房間。他帶路走上兩列階梯，接著又踏上另一排較短的階梯，我們抵達位於屋頂的瞭望樓。「請看看周遭。」當我們抵達樓頂平台時，他說。「再告訴我，這是不是十九世紀的波士頓。」

我腳下坐落了一座大城。蔓延數英哩的寬廣街道被樹蔭籠罩，路邊還有華美的建築，大部分市區不以綿延的街區組成，而是位於大大小小的圍牆中，往四面八方擴散。每個區域都有長滿樹木的大型開闊廣場，裡頭有在午後陽光下閃爍的雕像與噴泉。城內到處都有我那時代房屋無法匹敵的巨型公共建築與華美建物。我肯定從沒看過這座城市，也沒看過任何與它相似的地區。最後，我把目光轉向西邊的地平線，那條往夕陽端散去的藍色緞帶，不正是蜿蜒的查爾斯河嗎（Charles River）？往東看，波士頓港的岬角在我面前延伸，港灣中的綠色小島一座也不少。

我當下明白，對方口中的驚人事蹟確實發生在我身上了。

第四章

我並沒有暈倒，但在明白自身處境後，我感到非常暈眩，我的同伴也得扶我一把，並護送我下樓去房屋上層的房間，並堅持要我喝一兩杯葡萄酒和吃點東西。

「我想你會沒事。」他愉快地說。「我不該這麼突然地說服你相信自己的處境，不過你的狀況——儘管發生得相當合理——迫使我不得不這樣做。我承認，」他笑著補充道，「我之前有些擔心，如果我沒有處理得宜，可能就會經歷在十九世紀稱為『痛扁』的行為。我記得你那時代的波士頓人是相當知名的好鬥人物，才覺得要趕快處理。我猜你已經不認為我在騙你了。」

「如果你跟我說，」我相當訝異地回答，「自從我上次看到這座城市後已經過了一千年，我也會相信。」

「只過了一世紀。」他回答，「但歷史上的上百萬年也沒發生過這麼大的變化。」

「現在呢，」他補充道，一面和藹可親地伸出手。「讓我歡迎你來到二十世紀的波士頓，和這棟房子。我的名字是里特，別人叫我里特醫生。」

「我的名字，」我在握手時說，「是朱利安．魏斯特。」

「很高興認識你，魏斯特先生。」他回答。「這棟房子建築在你的房屋原址上。我希望你在這裡住得自在。」

吃過東西後，里特醫生請我洗澡並換上新衣服，我也欣然接受。我的東道主提到的重大變化似乎不包含男性服飾；除了部分細節外，我的新衣服並不讓我困惑。

我的體力再度恢復了，但讀者肯定想知道我的心理狀態。讀者也許想問，當我發現自己落入新世界時，腦子裡有什麼想法。為了回答，我試問讀者，假設你一瞬間從人間跳進天堂或地獄，你覺得這種經驗會帶來怎麼樣的感受？你會立刻想到自己剛離開的世界，或是度過剛開始的震驚後，便對新環境充滿興趣，而暫時忘卻了之前的生活，等到稍晚後才回想起來？我只能說，如果你在這段轉換過程的經驗和我相同，那麼後者便是正確答案。我心中充滿對新環境的訝異與好奇，完全排除了其他念頭。對我過往生活的回憶，目前則暫時停止。

由於東道主的幫忙，我一發現自己恢復健康，便急於回到屋頂；目前我們輕鬆地坐在安樂椅上，市區則位在我們下方周圍。里特醫生回答了我不少關於我沒看見的古老地標，與取而代之的新地標等問題後，他問我，新舊城市中有哪點最讓我吃驚。

「先提小事，」我回答，「讓我最訝異的，就是市區少了煙囪和煙霧。」

「啊！」我的同伴饒富興味地叫了一聲。「我忘了煙囪，它們廢棄太久了。自從使用燃煤產生熱能的方式遭廢棄開始，已經過了一世紀。」

「大體而言，」我說，「讓我對市區最訝異的，就是被宏偉市區映襯出的人民繁榮程度。」

「我真想看一眼你那時代的波士頓。」里特醫生回答。「就像你說的，當時的城市肯定相當髒亂。即使你們有能讓市區進步的品味——這我就不多問了——你們特異的工業系統所造就的貧困狀況，也不允許改變發生。再說，當時盛行的誇張個人主義與公益精神並不相容。你們擁有的一丁點財富，似乎完全花在個人享樂上。現代則是相反，多餘的財富只會用於裝飾城市，讓所有人都能平等地享受。」

我們回到屋頂時，太陽已經西下了；隨著我們的交談，夜色逐漸籠罩住城市。「天黑了。」里特醫生說。「我們下樓去吧；我想向你介紹我的妻子和女兒。」

他的話語讓我想起甦醒時在自己周圍低語的女性嗓音；由於很想知道二〇〇〇年的女性個性如何，我欣然接受了這提議。我東道主的妻女所在房間裡與整棟房屋內部，都充滿了溫和的光芒；我知道這是人工光線，卻不知道光源在何處。里特太太非常美麗，也保養得十分良好，年紀則與她先生相仿；剛成年的女兒，則是我見過最美的女孩。她的臉擁有迷人的深邃藍眼、泛著微妙紅潤光澤的皮膚，和完美的五官；但就算她的外表缺乏特別魅力，那完美無瑕的身材就算在十九世紀也算是美女。這位可愛女孩身上的女性柔和感與優雅感，與其他同齡女孩經常缺少的健康體態完美地合而為一。還有件跟目前狀況比起來算是小事的巧合，但依然讓我感到訝異；她的名字居然是伊迪絲。

接下來的夜晚在社交史上相當獨特，但千萬別以為我們在交談上有困難之處。我相信這能被形容為人們在不尋常的情況下，反而會表現得相當平凡；因為這種情境打散了任何虛偽的掩飾行為。不過，我明白當晚在與來自另一個時代與世界的人們之間這段交談，充滿了只會對熟人流露的良善與坦白。我東道主們良好的談吐肯定與此有關。當然，我們只談了使我出現在當地的奇特經驗，但他們說話時的感覺單純又率直，將此話題中可能浮現的的怪異氛圍一掃而空。他們的談吐如此完美，彷彿十分熟稔於接待來自其他時代的訪客。

對我而言，我從不記得自己的內心曾像當晚一樣敏銳，也不覺得頭腦如此清晰過。我自然沒有遺忘自身的驚人處境，但目前這情況只讓我感到一股輕飄飄的超脫感，也像是某種心理陶醉感。[7]

伊迪絲．里特沒有參與太多交談，但我的目光有好幾次都被她的美麗容貌所吸引，也發現她同樣專心地看我，幾乎就像是著了迷。很明顯，我激起了她的強烈興趣，這並不令人感到意外，因為她是個充滿想像力的女孩。儘管我認為好奇心是她的主要動機，要不是她這麼標緻，我也不會如此受她吸引。

里特先生和女士們對我描述自己在地下房間睡著的狀況都很有興趣。大家對我為何被遺忘在該處都有自己的解釋，最後我們終於得出了至少一個可能的結論，不過，自然沒人知道究竟這是否屬實。房間上頭的塵埃顯示房子被燒毀了。也許火災在我入睡當晚發生，索伊爾可能也葬身火窟，或死於相關意外，這麼一來其他事情就說得通了。只有他和菲爾斯伯里醫生知道地下室的存在，以及在裡頭的我，當晚前往紐奧良的菲爾斯伯里醫生，則可能根本不知道火災的事。我的朋友們與大眾肯定以為我在火災中喪生，除非火災遺址的挖掘工程挖得夠深，否則沒人會發現連接到我房間的地基牆面凹陷處。如果該處立刻又蓋了新房屋，必定得進行這種深度的挖掘工程，但當時的社會氛圍與當地人的態度肯定扼殺了重建工程。里特醫生說，原址中花園裡樹木目前的高度，顯示該地至少有半世紀沒被挖開了。

7　關於這種心理狀態，讀者得記得，除了我們談話的主題外，我周圍沒有任何線索能暗示發生在我身上的事。在我位於舊波士頓的住家街區外，我可能會碰上比這讓我更感到陌生的社交圈。二十世紀波士頓人的語言，和他們受過教育的十九世紀祖先腔調上差異，比後者跟華盛頓與富蘭克林的語言差別更小；兩個時代的穿衣風格與家具類型也相差無幾，我當時並不瞭解該時代的風尚。

第五章

當女士們在晚間就寢，留下我和里特醫生獨處時，他問我是否想睡，並說如果我想的話，床鋪已經準備好了；如果我還不想睡，那麼他很願意陪我。「我是個夜貓子。」他說，「再說，我不是拍馬屁，但很難找到像你這麼有趣的同伴。很難得有機會能與十九世紀的人談話。」

我整晚都畏懼夜晚休息時獨處的時刻。被這些友善的陌生人圍繞，並受到他們的同情感化後，我才能夠維持精神穩定。就算如此，在交談的間隔中，我依然能瞥見如閃電般刺眼的恐怖詭異感，準備等我分心時襲來。我知道當晚不能入睡，也不覺得承認自己害怕在清醒狀態下胡思亂想，是件懦弱的事。在回答東道主的問題時，我老實坦承此事，他則回答：如果我沒有這種感覺的話，就太奇怪了，但我不需要害怕睡眠；只要我想睡時，他就會給我一劑能使我一夜好眠的藥。隔天早上，我起床時肯定會自覺像個老人。

「在我吃藥前，」我回答，「我得了解一點日前的波士頓。你在屋頂上告訴過我，儘管在我睡著後已經過了一世紀，人類卻經歷了數千年來最大的變化，看過這座城市後，我能相信這點，但我很想知道出現了哪些改變。變革肯定會從某處開始，因為這問題很大。你們是怎麼解決勞工問題的？那是十九世紀最難解的謎團。當我昏睡時，這股謎團正準備吞噬我們的社會，因為沒人找得出解答。能找到解答的話，睡一百年也值得。前提是你們有找到方法。」

「現在沒有所謂的勞工問題了。」里特醫生回答，「這問題也不可能發生，所以我想我們應該解決它了吧。如果社會無法解決這麼簡單的問題，被摧毀也是理所當然。簡單來說，社會其實並不需要解決這種問題，問題能自行化解。答案來自一連串必然發生的工業演化，社會只需要在這種解決方案成為趨勢時，去認可並配合它。」

「我只能說，」我回答，「當我睡著時，還沒人發現這種進步。」

「我記得你提過，你在一八八七年陷入昏睡。」

「對，一八八七年五月三十日。」

我的同伴饒富興味地看了我一陣子。接著他說：「你也談過，即使在當時，大眾也沒發覺逐步逼近的社會危機？當然了，我相信你的說法。有許多當代歷史學家提過，你的同輩們對時代現象的盲目；但我們很難理解幾項歷史事件。當我們回首望去，都能看出明確跡象，你們肯定也注意到即將發生的改變了。魏斯特先生，我想知道，你與你的同輩們如何看待一八八七年的社會狀態，至少，你們一定清楚廣泛蔓延的工業性與社會性問題、各階級對社會不平等狀況的積怨、與普羅大眾的悲慘生活，都是劇變產生前的跡象。」

「我們確實明白這點。」我回答。「我們感到社會停滯不前，並隨時會崩盤。沒人能確定後果為何，但大家都害怕最糟糕的情況。」

「不過，」里特醫生說，「如果你們耐心觀察社會跡象的話，就能發現趨勢並非導向悲劇，反而是轉向更深層的方向。」

「我們有句俗諺，」我回應道，「『後見之明優於先見之明』。現在我比以前更能理解這句話的意義。我只能說，照我陷入長眠時的社會狀況，當我走上你屋頂時，完全不會訝異看到一堆燒焦又長了青苔的廢墟，而不是這座華麗的城市。」

里特醫生專注地聽我說，並在我說完時深思熟慮地點了頭。「你剛剛說的話，」他說，

「會被認為是對史托雷特（Storiot）的說法最有說服力的證據；他對你時代的陰沉描述，一直都被認為是誇大之詞。這種充滿緊張情緒的轉換期確實存在於眾人的意料之中；但在看到明顯的時代趨勢後，我們自然相信大眾心中抱持的是希望，而非恐懼。」

「你還沒告訴我，你們找到的解答是什麼。」我說。「我很想知道是透過哪種完全相反的自然過程，才使我的年代演變出你們現在享受的和平與繁榮。」

「抱歉，」我的東道主回答，「你抽菸嗎？」直到我們點燃雪茄，並好好吸了幾口後，他才繼續說話。「既然比起睡覺，你和我一樣比較想談話，也許我能試著解釋我們的現代工業系統，以便打消你對演變過程的任何困惑。你那年代的波士頓人是知名的發問者；既然我是你們的後人，便得先問一個問題。你覺得你當代的勞動問題中，最明顯的特色是什麼？」

「當然是罷工了。」我回答。

「沒錯。但罷工為何如此具有影響力？」

「因為大型工會。」

「這些工會成立的動機是什麼？」

「勞工們宣稱，他們得團結起來，從大企業手中奪回自己的權利。」我說。

「正是如此。」里特醫生說。「公會與罷工，只是前所未見的集中資本下所產生的後果。在資本集中開始前，商業與工業活動依然由諸多只有小資本的公司所進行，而非一小群擁有龐大資本的大公司；個體勞工在與雇主的關係中，相對重要且獨立。再說，當人們因少許資本或新點子而自行創業時，勞工經常成為雇主，使得兩個階級間的界線變得模糊。當時的工會沒有存在必要，也不會發生罷工。但當擁有小資本的小公司被擁有高額資本的大公司取而代之時，這一切都變了。原本對小雇主相對重要的個體勞工，對大企業而言毫無用處，同時也無法成為雇主。自衛心態使工人們團結起來。

這段時期的歷史紀錄顯示，當時大眾對資本集中感到相當不滿。人們相信它成了前所未見的暴政，也正威脅著社會。他們認為大企業正準備將全人類納入更底層的束縛，不只受人類奴役，還受沒有人性的機械驅使；這些機械沒有其餘動機，只受到無止盡的貪欲控制。回首望去，我們無法想像這些人的絕望，因為人類肯定從未碰過比預想中的企業暴政更醜惡的命運。

在此同時，由於完全不受抗議聲浪影響，大企業便繼續吸收其他小公司。在十九世紀最後四分之一的時期開始時，美國境內所有重要工業領域中完全沒有個體公司，除非這些公司擁有高額資本。在十九世紀的最後十年內，依然存在的小公司，要不是過往時代中快速衰敗的生還者，就是大企業的寄生蟲，或只存在於微小到大資本家不會注意的領域中。僅存的小公司們被矮化成渺小的鼠輩，居住在洞穴和街角邊，一邊希望自己不要被發現。鐵路不斷遭到併購，直到國內所有軌道都受少數大企業控制。工廠中所有重要零件都受到某個組織控制。這些組織、基金會、信託……不管它們叫什麼名稱，都會壟斷價格，並摧毀一切競爭，除非有和它們規模同樣龐大的集團出現。鬥爭隨即發生，最後則以更大的併購案作結。巨大的都市市集用連鎖店摧毀了鄉間對手，城市本身則吸收了其他小競爭者，直到所有同領域的公司都集中在同一個屋簷下，上百名前任店主則成了店員。由於無法將自己的錢投注到屬於自己的店面中，小資本家在被大企業併吞時，發現只能將財產投資在大企業的股票與債券中，因此變得更加仰賴大型企業。

焦慮的抗議聲浪完全無法抵制少數掌握商業系統的強者，這代表幕後必然有強烈的經濟緣由。擁有無數小公司的小資本家們，其實已將產業拱手讓給強大的資本積聚體；因為小資本家們屬於小本生意的年代，完全無法應付充滿蒸氣、電報與龐大企業的時代。要恢復過往秩序，一切就得回到陳舊的馬車年代。大型資本合併體充滿壓迫感，也毫無憐憫之心，就連它的受害者在咒罵時，也被迫承認國內工業因此所獲取的強大效率，以及集中管理與組織統一對廣大經濟體的影響，並坦承自從新系統取代舊機制後，世上的財富也以前所未見的速度增長。大幅度的成長速率自然只讓富者變得更富有，並加深貧富差距；但事實上，作為只能製造財富的工具，資本合併確實能發揮更大的效益。如果舊體制恢復原貌，資本也受到細分的話，的確可能在各層面帶來更大的平等，也會創造更多個體尊嚴與自由，但代價則是大規模的貧困情況與物質進步上的停滯。

那麼，沒辦法像迦太基（Carthage）的富豪政府一樣，控制合併資本本身強大的獲利原則嗎？人們一開始問自己這些問題，便發現答案早就在等待了。以越來越大的積聚資本來經營公司，與商業壟斷的趨勢，終於被察覺是種需要完成邏輯性演化，才能為人類打開康莊大道的過程。

在上世紀早期，當國內所有資本全數被合併時，演化就完成了。國內的工業與商業不再被一批不負責任的私人企業與組織恣意控制，反而是託付給代表人民的單一組織，目的是為了加強大眾福祉。也就是說，國家轉型為大型公司，吸收了其他企業；它取代其他資本家，成為唯一的資本家、唯一的雇主、也是唯一的壟斷組織，吞噬了其餘較小的企業，同時也是所有公民共享的利益與經濟壟斷。信託時代以大信託（The Great Trust）作結。美國人民決定經營自己的生意，就跟一百多年前他們決定接管自己的政府一樣；當年群眾為了政治目的而團結，現在則因為工業目的而組織起來。儘管在歷史上，這件事發生的時間出奇的晚，但最後人們領悟了明顯的事實：沒有任何事業，比左右人民生計的工業與商業，還更稱得上是公共事業了；將這種事業託付給私人管理，並使之衍生出私人利益，和將政府交給君主和貴族為了個人名聲來治理比起來，可說是相似的愚蠢行為，但影響範圍更廣。」

「你描述的劇變，」我說。「自然少不了流血暴力。」

「恰好相反。」里特醫生回答。「完全沒有暴力事件發生。改變早已在預料之中。大眾做好了轉變的準備，所有人也全力支持這件事，武力和辯論都無法扭轉局勢。另一方面來看，大眾對大企業與其認同者也不再抱持怨懟，因為他們理解這些人是往真正的工業系統演化時的重要連結，也是轉換階段。私人大企業最暴力的敵人，現在被迫認清企業教導人們控制自身事業的行為，有多麼寶貴與必要。五十年前，在國家控制下進行的工業合併，對最樂觀的人來說都還是場大膽的實驗。但在眾人目睹並研究一連串實際教訓後，大企業反而教給大眾一批全新想法。多年來人們看著企業處理比國家獲益還高的收入，並有效指引成千上百的人力，還操控了小公司完全無法處理的經濟議題。大家都理所當然地認為，公司越大，能應用在上頭的原則就越簡單；由於機制比人手更可靠，當系統成為小企業主用於管理公司的工具時，便能交出更準確的結果。於是，多虧企業本身，當有人提議國家應該取代企業的功能時，這想法就算對膽小人士而言，聽起來都相當實際。這的確是超越過往的一大步，也代表了更廣闊的一般化作用，但當國家成為業界內的唯一組織時，它便解決了許多小公司所無法解決的問題。」

第六章

里特醫生停止說話，我也保持沉默，想對他剛描述的龐大革命中提及的改變，塑造出某種大略感想。

最後我說：「政府的功能擴張到這種程度，實在令人難以想像。」

「擴張！」他重複道：「哪裡有擴張？」

「在我的時代，」我回答，「嚴格來說，政府的功能僅限於維護和平，並為人民抵禦公敵；此功能成為軍力與警力。」

「不過，誰是公敵？」里特醫生驚呼道。「是法國、英格蘭、德國，或是飢餓、寒冷、與赤貧？你時代中的政府習慣在只受到一丁點國際誤解時，就會立刻將成千上百位公民投入死亡與傷殘中，將他們的寶藏像水一樣浪費掉；這舉動對受害者而言經常都不會帶來利益。

現在我們沒有戰爭，政府也沒有戰鬥力，但為了保護每個人民不受飢餓、寒冷與赤貧所苦，還得滿足所有人民的物質與心理需求，政府的功能則轉向長期經營工業。不，魏斯特先生，我很確定當你一回想，就會發現政府功能的擴張狀況在你的時代才嚴重，而不是現代。就算為了最良善的目的，大眾也不會賦予政府這種權力；當年這股權力只會用在歹毒的行為上。」

「先不做比較。」我說，「我時代的名人所做出的煽動與貪腐行為，會被認為是政府在掌控國家工業時會遇到的無解阻礙。我們早該認為，沒有體系比讓政客操控製造財富的機制更可怕。這種機制帶來的物質利益比被政客瓜分的利益更高。」

「你說得沒錯。」里特醫生回答。「但現在一切都變了。我們沒有政黨或政客，煽動與貪腐也成了只存在於歷史課本中的詞彙。」

「人性本身肯定改變了不少。」我說。

「一點都不。」里特醫生回應道。「但人類的生活條件已經變了，行為動機也隨之變化。在你時代的社會體系中，政府官員不斷受到濫用權力來獲取私人利益的誘惑。在這種情況下，你們居然還敢把重要議題託付給這種人，令人感到相當怪異。相反的，現代社會的結構完全不可能讓有私心的官員透過濫用職權而獲利。官員儘管表現差勁，卻不可能做出貪腐行為。貪汙的動機並不存在，社會系統不再獎勵不誠實的行為，但只有當你比較理解我們之後，才能理解這些事。」

「但你還沒告訴我，你們用什麼方式解決勞工問題。我們討論的是資本問題。」我說。「當國家控制磨坊、機械、鐵路、農場、礦坑與國內大多資本後，勞工問題依然存在。接下對資本的責任後，國家也得面對資本家的困境。」

「國家一接手資本上的責任時，那些問題就消失了。」里特醫生回答。「以統一為方向而制定的全國性勞工組織，能完全解決在你的時代與體制下，被認為無法解決的勞工問題。當國家成為唯一的雇主後，所有公民都自動成為員工，並依工業需求分發。」

「也就是說，」我猜測道，「你們只是將我那時代的徵兵制度，應用到勞工問題上。」

「沒錯，」里特醫生說，「國家一轉為唯一的資本家，這件事就隨即發生。人民已經習慣了以下概念：身體健全的公民必須貢獻己力、捍衛國家。每個公民都有義務為了維護國家，而做出工業上或智慧上的貢獻；但一直到國家變成雇主時，公民才能在不帶任何假性平等的狀況下提供這種服務。當雇用能力遭到成千上百個個體與企業分散時，工會就不可能發揮效益，也無法走向和平的結果。這經常導致許多想工作的人找不到機會；另一方面，希望規避部份或所有債務的人也能輕易成功。」

「我猜，現在所有人都必須強制服義務了。」我推測道。

「算是自然過程，而非強制行為。」里特醫生回答。「大家認為這種系統自然又合理，以至於再也沒有人覺得這是義務。在這種情況下還需要被強迫的人，大家會以十分輕蔑的態度看待他。不過，形容這種服務是義務，卻難以描繪它的必然性質。我們整個社會秩序完全建構於此原則上；如果有人脫離這個系統，便無法生存。他得完全脫離世界，遠離同類；換句話說，就是自殺。」

「這支工業大軍的役期是終生制嗎？」

「不是；它的開始時間晚於你那年代的平均工作年齡，也結束得更早。你們的工廠中充滿孩童和老人，但我們認為教育對年輕人相當重要，而當老一輩的體力開始流失時，放鬆的生活對他們也同樣重要。工業服務的年限是二十四年，開始於二十一歲求學時期結束時，並在四十五歲終止。四十五歲後，儘管勞務已解除，公民還是會被特殊命令召回，以免有緊急事件影響勞動需求，直到他滿五十五歲；但這種召回狀況非常鮮有，幾乎從未發生過。我們將每年的十月十五日稱為集合日（Muster Day），因為當天年滿二十一歲的人將會被集合編進工業服務中；同時，在二十四年的勞務後，年滿四十五歲的人則會光榮退休。當天是偉大的日子，我們也以這天來定義其他事件，也就是我們的奧林匹亞週期[8]，只不過每年都會舉辦。」

8　譯注：Olympiad，古希臘用於計算奧林匹亞運動會的四年週期。

第七章

「我猜，你們的工業大軍接受勞務後，」我說，「就會浮現出一個主要問題，即不能再將它比喻為軍隊了。士兵只有同一件簡單的事要做，也就是練武、行軍與站崗，但工業大軍必須學會兩三百種不同專業與副業，有哪種政府能睿智地斷定大國中的每個人該學會哪種能力或專業？」

「政府與決定專業無關。」

「那由誰決定？」我問。

「每個人都會盡全力找出自身的長處。我國工業大軍的原則，建立在人本身的心理與生理天賦上，這決定了他能在何處為國家製造最大利益，也讓自己感受到最高滿意度。儘管無法避免義務，但在每個人該參加哪種特定工作這件事上，取決於自主選擇；這也是必要規範。由於個人在工作期間的滿意度來自擁有適合自己的職業，父母和老師從孩童小時候開始，就會注意特殊天賦的跡象。我們教育體系的重要部分之一，是一份對全國工業系統的詳細研究，內容包含各種產業的歷史與基礎。儘管勞作訓練不能干擾學校中的智慧教育，我們的年輕一代還是會接觸足夠程度的勞務學科，加上對國家性工業的理論知識、機械與農業方面的學問，並且得熟悉自己的工具與其使用方式。我們的學校持續拜訪工作坊，也經常透過長時間的校外教學，來檢視特定的工業領域。在你的時代，一般人不會因為對自身專業以外的知識一竅不通而感到羞愧，但這種無知無法影響對我們的想法，也就是讓每個人聰明地選擇自己最有興趣的行業。通常在接受強制勞務前，年輕人已經找到了自己追尋的目標，也學會了很多相關知識，並正焦急地等待學以致用的一天。」

「但當然，」我說，「自願者的數目不可能剛好應對業界需求的人力數目。人數肯定多於或少於需求。」

「自願者的數目總會與需求量打平。」里特醫生說。「政府有責任確保這點。每個業界的自願者數目都受到嚴格觀察。如果在任何業界中，自願者的人數大量超過需求量，該業界就會被認為比其他業界更具吸引力。另一方面來看，如果某業界的自願者低於需求量，也會被認為較有困難度。為了處理勞動力條件，政府有責任持續平衡各業界的吸引力，才能使所有行業都吸引到有天賦的人，作法上則是根據各行業的困難度來調整工時。勞務越輕的行業，則在最合理的情況下採行最長工時；最艱難的行業則有最短工時，比方說挖礦。沒有任何理論、或是先驗性的規範能決定任何業界的吸引力。當政府減輕特定勞工的工作量，並增加其他工作的勞務時，只需透過自願率來遵循勞工本身的意見變化，再做出判斷。原則上，沒有人該覺得自己的工作比別人的還難；困難度則由勞工自行判斷，這項規範沒有任何限制。如果有特定行業繁瑣又充滿壓力，那麼為了吸引自願者，工時也必須減少為一天十分鐘。如果這樣依然沒人願意參與，這項工作便無法進行。但事實上，適當減低工時或增加其他福利，就足以吸引自願者參加所有重要工作。假若必要工作中所無法避免的困難與危險確實過高，使得無人願意為了福利而參與，政府只需要將這類工作從一般業務中移出，並宣布此工作『極度危險』，也讓參與者特別受到國家感謝，進而讓自願者湧入申請。我們的年輕人們十分在意榮譽，不會放過這種機會。你自然能看出，自願式職業免除了任何不衛生條件或生命危險，健康與安全是所有業界統一提供的條件。國家不像你那時代的私人資本家，會屠殺或弄殘上千名勞工。」

「當特定業界的申請人比需求量更多時，你們要怎麼選擇？」我問道。

「熟悉該業界的人是首選。不過，花了許多年努力表現出自己能加入特定產業的人，最後也不會被拒絕。同時，如果有人一開始無法進入他喜歡的業界，通常自己會有一個以上的偏好；儘管那並非他最拿手的事，卻也是有部分天賦的工作。每個人確實得研究自身能力，才不會只有職業上的首選，也有次要和第三名的選擇；這樣的話，如果因為進步或需求程度，使他在日後首次踏入職場時，無法選擇最喜歡的工作時，他還能找到讓自己部份滿意的職業。在我們的體系中，第二選擇的原則對職業相當重要。我該補充一點：為了應對特定業界中某種自願者的突發失敗，或是突發的人力需求，儘管政府仰賴自發性系統來滿足業界，也依然有權力能動員特殊自願者，或是從任何領域強制徵召人力。不過大體而言，無技術者或一般勞工就能滿足這項需求。」

「一旦被選入一個行業，」我說，「我想對方就得終生從事同一件工作了吧。」

「不一定，」里特醫生說，「雖然頻繁又任性的轉職行為並不受到鼓勵，甚至不被允許，每個員工自然都能在特定規範下，和在配合工作中的緊急情況時，自主加入其餘他自認比原先首選更適合自己的工作。這個情況下，他的申請會被當作首次報名一樣對待，審核條件也相同。不只如此，在恰當情況下，只要不太頻繁，員工也能以任何理由，轉調到國內其他地區同種業界的工作場所。在你們的體制下，心懷不滿的人確實能隨意辭職，卻也同時捨棄了維生方式，未來只能冒險過活。我們發現，想要捨棄自己習慣的職業，並換來新工作的人，就和想用陌生人取代親友的人一樣稀少。只有最貧困的工人，才會在法規範圍允許下頻繁更換工作。當然，如果他們因健康狀況而需轉職或辭職的話，也會得到許可。」

「做為工業體系，我認為這很有效率。」我說，「但我看不出這能對專業階層有所貢獻，也就是以腦力服務國家，而非使用勞力的人。你們自然不能缺乏腦力工作者，要如何從被選為農夫和技師的人群中，挑出這些人選？我想，那肯定需要非常巧妙的篩選系統。」

「的確，」里特醫生回答，「那需要最精確的測驗，所以我們讓人們自行決定要成為腦力工作者或體力工作者。當人們完成三年的義務勞動時，就能根據自己的興趣選擇技術或專業，或說成為農夫或技師。如果他認為自己的腦力比勞動力強，他就會尋求所有測試自己想法的方式，並強化相關能力，檢測這是否是適合自己的職業。科技類、醫學類、藝術類、音樂類、歷史類、與高階人文教育類學校都會無條件接受申請人。」

「學校裡不會擠滿只想逃避工作的年輕人嗎？」

里特醫生露出有些嚴肅的微笑。

「我向你保證，沒人能為了逃避工作而進入學校。」他說。「這些學校是為特殊天賦設立的，缺乏特定天賦的人，會發現花雙倍時間工作，也比追上課程進度來得容易。當然，有許多人會搞錯自己的天職，發現自己無法達到學校的要求，便會輟學並回到業界；這種人的名譽不會被貶低，因為公正政策鼓勵所有人發展潛在能力，但只有測驗能證明自己是否有天分。你那年代的專業性科學學院需要學生繳費才能經營，也經常把文憑頒給不適任的學生，畢業生之後也藉此進入業界。我們的學校是國立機構，能通過學校的測驗，便代表自己擁有無人能質疑的特殊天賦。

「參與這項專業訓練的機會，」醫生繼續說，「直到三十歲為止，所有人都有資格，超過這年齡的學生不會被接受，因為退休前能服務國家的時間太少了。在你的時代，年輕人很早就得選擇職業，因此出現了大量搞錯自身天職的人。現代人認為，有些人的天賦比其他人發育得晚；因此，儘管最早在二十四歲就能選擇職業，接下來的六年依然可以改變。」

我有個之前差點脫口說出好幾次的問題，現在終於有了發問時機。在我的時代，一致認為這點是妨礙解決任何工業問題的大麻煩。「真特別，」我說，「你居然完全沒提到調薪的事。既然國家是唯一的雇主，政府就得處理薪資費率，並決定所有人——從醫生到礦工——該得到多少錢。我只能說，我時代的人永遠無法使用這種體系，除非人性改變，不然我看不出為何它現在會生效。在我的年代，沒有人對自己的薪資感到滿意。即使有人覺得自己賺夠了，也會確信鄰居賺太多了，這也被認為是壞事。如果這種不滿不會在對無數雇主的咒罵與抗爭中消散，反而能只專注在同一名雇主身上，就連最強大的政府都撐不過兩天。」

里特醫生愉悅地笑出聲來。

「沒錯，沒錯。」他說。「第一個發薪日後，可能就會發生大型罷工；而用於對抗政府的罷工行為，正是革命。」

「那你們怎麼在每個發薪日防止革命發生？」我問道。「難道有某個大哲學家發明了滿足了所有人的全新微積分系統，用來精確計算各種勞務的比較性價值，包括勞力比上腦力、手工比上口舌勞力、或是聽力比上眼力？還是人性已完全改變，所以沒有人在意自己的財產，變成『所有人為鄰居的財產而奮鬥』？這些肯定就是解答。」

「不過，這些都不對。」我的東道主笑著回答。「現在呢，魏斯特先生，」他繼續說，「你得記好，自己是我的病人兼客人，因此在繼續聊之前，請容我開給你一劑安眠藥。已經凌晨三點多了。」

「這帖藥肯定相當有效。」我說。「我只希望自己能睡好。」

「我會想辦法。」醫生回應，並遞給我裝滿某種液體的酒杯，使我一躺上枕頭，就立刻陷入昏睡。

第八章

當我醒來時，就覺得神清氣爽，也睡眼惺忪地在床上躺了一會，享受懶洋洋的舒適感。前一天的經驗，包括醒來時發現自己身處二〇〇〇年、新波士頓的景象、我的東道主與他的家人、以及我聽聞的神奇事物，在我的記憶中都一片空白。我以為自己還躺在我的臥房中，半夢半醒中的幻想都和過往生活中的事件與經驗有關。我迷濛地回想先烈紀念日當天的事、我與伊迪絲和她父母前往奧本山的旅途、和回程時與他們一同享用的晚餐。我回憶起伊迪絲當時的美麗模樣，接著想到我們的婚姻。但我還來不及享受這股幻想，就回想起當天前一晚，收到建築師寫來通知我的信：新罷工行動將無限期拖延新屋的完工。想到這點，我就怒從中來。我想起自己約好十一點和建築師碰面來討論罷工事宜，於是我睜開雙眼，望向床鋪另一頭的時鐘，想看現在幾點了。但我沒看到任何時鐘，也立刻發現我不在自己的房間裡。

我從沙發床上坐起身，慌亂地盯著這間陌生房間。

我想，當自己坐在床上四處張望，完全無法理解自身的新處境時，肯定度過了好幾秒。這期間的我，徹底迷失在回憶中，就像失去自身定位的迷惘靈魂，無法找到讓自己成為個體的標記。這種迷失感居然如此難受！但這就是人性。沒有其他心智經驗，會像失去心理平衡與思考原點一樣，使人完全喪失理智；這只發生在對自身身份感到迷惘的短暫時刻中。我相信自己不會再體驗到這一刻了。

我不知道這情況持續了多久——似乎完全無法估計時間——此時，一切回憶突然竄回我腦中。我想起了自己的身分、身處的地點、與自己如何來到此地，而在我腦中飄過的那些情境，已經是一世紀前的歷史，舊日光影早已煙消雲滅。我從床上跳起，站在房間中央，雙手緊緊扣住太陽穴以免讓頭顱炸開。結果我倒在沙發上，並將臉埋入枕頭中，一動也不動地趴著。這種來自心理過度刺激所引起的反應無可避免，我驚人經驗造成的初始反應：心智迷亂，已經出現了。在明白自身情況後，我終於爆發情緒危機。我咬緊牙關，胸口劇烈起伏；我用力抓住床架，躺在原處，試圖穩住理智。在我心中，一切都已破碎——感官習慣、思考聯想，以及對人事物的概念，都已徹底瓦解並失衡，在無法恢復的混亂狀態中沸騰翻滾，沒有任何重心，也沒有穩定的情緒。唯一殘留的只有意志，但有任何人類心智強大到能對這片翻滾的海面說：「來，安靜點」嗎？我不這麼認為。無論我怎麼將發生在自己身上的事合理化，並試圖明白其中意義，大腦都難以思考。我想到自己成了擁有不同身分的兩個個體，並對這種單純解釋感到訝異。

我明白自己即將失去心理平衡。如果我躺在原處思考，就完蛋了，我得轉移注意力，至少得用物理方式讓自己分心。我跳了起來，急忙穿好衣服，打開房門並下樓。當時還很早，天色還不夠亮，我也沒在樓下看到任何人。大廳裡有頂帽子，我打開前門，發現自己正面對街道；屋門只微微掩上，代表現代波士頓的竊案並不猖獗。我在市區街道上或走或跑了兩小時，訪視了半島市區大部分區域。只有清楚現代波士頓與十九世紀波士頓之間差異的古文物收藏家，才能理解我當下經歷的訝異感。前一天從屋頂上看去，城市對我而言確實相當陌生，但那只是大範圍的觀感，一踏上街頭，我才明白這種變化有多麼徹底。存留下來的少數老地標強化了疏離感，少了它們，我可能會以為自己身處陌生城鎮。當某人於孩提時代離開老家，並在五十年後返鄉的話，可能會發現老家在許多方面都改變了，他會感到訝異，但並不會震驚。他清楚已經過了很長的一段時間，同時自身也經歷了諸多變化。他只能模糊地回想起童年時的城市。但我並沒有感到任何時間流逝，對我而言，一切只不過是昨天的事；幾小時前，我才走在這些街道上，現在此地則徹頭徹尾地改變了。舊城在我心中的印象依然鮮明又強烈，完全無法被現代市區景象蓋過，反而與現實場景起了衝突，似乎使後者顯得更為虛幻。我眼中的一切因此變得模糊，像張合成圖片。

最後，我又站在之前離開的屋子前。我的雙腳肯定是憑直覺帶我回到舊家原址，因為我完全沒打算回到此地。和這座奇異時代市區其餘地點一樣，這裡一點都不像家，當地居民和世上其他人對我而言都是異類。如果屋子的門上了鎖，我就會想起自己根本沒有進屋的必要，進而轉身離開；但門打了開來，並邁著不穩定的步伐踏進大廳，走進其中一間連結的房間。我一屁股坐在椅子上，用雙手摀住燒灼般的眼球，以便遮蔽陌生事物帶來的恐懼。我內心的困惑強烈到讓我感到噁心。我該如何形容當下的痛苦感受？我的大腦似乎融化，無助感也使我覺得落魄無比。我在絕望中大聲呻吟。我開始認為，如果再沒得到幫助自己就會發瘋，而救兵在此時出現。我聽見布料的摩擦聲，並抬起頭。伊迪絲．里特站在我面前，她美麗的臉龐充斥著強烈的憐憫。

「怎麼了，魏斯特先生？」她說。「剛剛你進門時，我就在這裡。我看到你的憔悴模樣；一聽到你的呻吟，我就無法保持沉默。發生了什麼事？你去哪了？我能幫你做什麼嗎？」

也許她在說話時，不自覺地以同情態度伸出雙手。我握住她的手，並像個溺水的人在最後一次下沉時一樣，緊緊抓住被拋向他的繩索。當我抬頭看她充滿憐憫的臉龐、與泛著淚光的雙眼時，我的大腦就停止思考了。她柔軟的手指散發出溫柔同情感，給了我目前亟需的援助。這種平靜的安撫效果，就像神藥般有效。

「上帝保佑妳。」我在幾分鐘後說。「肯定是祂把妳送來找我。如果妳沒來的話，我以為自己要瘋了。」聽到這裡，她就流下淚來。

「噢，魏斯特先生！」她哭道。「你一定認為我們很無情！我們怎麼能讓你獨處這麼久！但痛苦結束了，對吧？你現在肯定好多了。」

「對，」我說，「多虧有妳。請妳再等一下，我很快就沒事了。」

「我當然不會走。」她說，臉龐稍微顫動了一下，這動作比話語更能表達她的憐憫。「雖然我們似乎丟下了你，但你千萬別這樣想。一想到你今天早上會有的感覺，我昨晚就幾乎沒睡；但爸爸說你會起得晚。他說一開始最好不要對你展露太多同情心，反而該試著轉移你的注意力，讓你覺得自己處在朋友之中。」

「你們確實讓我感到友善。」我回答。「但在一百年後醒來非常嚇人；儘管昨晚我對此沒有太大的感覺，今天早上我卻有非常怪異的感受。」當我握著她的手，並注視她的臉龐時，我已經能對自己的處境開一點玩笑了。

「沒人想到你會這麼早就去市區。」她繼續說。「噢，魏斯特先生，你去哪了？」

接著我把早上的經驗告訴她，從甦醒時到抬頭看她的那一刻，如同我上述的經歷。當我述說這一切時，她流露出沮喪的憐憫情緒，而儘管我已經鬆開她的一隻手，她也沒要我放開另一隻手，因為她明白這樣能讓我感覺好點。「我只能稍微想像這種感受。」她說。「一定很可怕。你還得獨自一人承受！你能原諒我們嗎？」

「但現在沒事了。妳已經暫時把痛苦趕跑了。」我說。

「別讓它再度回來。」她擔憂地要求。

「我無法保證這點。」我回答。「現在說好轉還太早，因為一切對我而言都依然陌生。」

「但至少別再獨自對抗這種痛苦了。」她堅持道。「答應我，來找我們。讓我們接納你，並試著幫助你。也許我們能做的不多，但肯定比獨自受苦好。」

「如果妳允許的話，我就來找妳。」我說。

「好，當然了，拜託你來。」她急切地說。「我會盡力幫助你。」

「妳只需要像現在一樣為我感到遺憾就足夠了。」我回答。

「那麼說好了。」她說，一面眼眶泛淚地微笑，「下次你得來找我訴苦，而不是在充滿陌生人的波士頓滿街跑。」

她認為我們並不是陌生人這點，感覺一點都不奇怪；短短幾分鐘內，我的困擾與她的淚水已使我們相聚。

「我答應你，當你來找我時，」她補充道，臉上露出迷人的淘氣表情，並繼續熱情地說話。「盡量照你希望的感到遺憾，但你千萬別認為我真的可憐你，或猜我以為你會繼續自憐。我明白過了一陣子後，你便會感謝上天用奇怪的方式結束你在古代的生活，並讓你在現代甦醒；也知道比起你的時代，這世界已經變為天堂了。」

第九章

當里特醫生與里特太太出現時，他們對我當天早上前往市區一事並不感到意外，而當他們發現我居然沒有太過激動時，卻明顯感到訝異。

「你的散步過程一定很有趣。」當我們隨後在桌邊坐下時，里特太太說。「你肯定看到了不少新玩意。」

「放眼望去幾乎都是新事物。」我回答。「但我認為，讓我最感到訝異的是沒在華盛頓街上看到任何商店，州街[9]上也沒有銀行。你們把商人和銀行怎麼了？吊死了嗎？那是我那時代無政府主義者想做的事。」

9　譯注：State Street，波士頓的金融區。

「沒那麼糟。」里特醫生回答。「我們只是不需要他們了。他們的功能在現代世界已經化為烏有。」

「那當你們要買東西時，誰會賣給你們？」我問道。

「現在沒有買賣行為了，物資分配以別的方式進行。至於銀行家們，既然我們沒有錢，自然也不需要那些紳士了。」

「里特小姐，」我說，一面轉向伊迪絲，「你爸恐怕在捉弄我。我不怪他，因為看我單純就想逗我，肯定很好玩。但是，我很難相信社會系統出現過那種變化。」

「爸爸沒有開玩笑，這點我確定。」她帶著令人放鬆的笑容回答。

接著話題換了個方向，如果我記得沒錯的話，里特太太帶起了十九世紀女性時尚的話題。等到用過早餐後不久，當醫生請我到屋頂時，他才回到原本的話題，屋頂似乎是他偏好的地點。

「你對我的說法感到很訝異，」他說，「因為我們毫無金錢與貿易行為；但思考一下，就會發現你那時代需要貿易與金錢的原因，是因為製造業被私人控制，而私人勢力現在已經沒有存在必要了。」

「我看不出有什麼關聯。」我回答。

「很簡單。」里特醫生說。「當無數個性不同的獨立個體，製造出對生活與享樂有必需性的產品時，個體之間就得進行無止盡的交流，以便讓自己得到想要的事物。這些交流構成了貿易，金錢也成為必要的媒介。但國家一成為所有物資的唯一生產者後，民眾就不需要透過彼此交流來換取必需品。一切都能從統一來源取得，也沒有其他來源。奠基於國立倉庫的直接分配系統取代了貿易，因此金錢也失去了必要性。」

「如何營運這種分配系統？」我問。

「用最簡單的方案。」里特醫生回答。「每個公民年初時都會在公共帳簿上得到和國內年度產品紅利相關的信用額度，還有一張信用卡，在每個社區都有的公共倉庫換取自己想要的物品。你會發現，這項安排徹底排除了任何介於個人與消費者之間的商業貿易行為。或許你會想看看我們的信用卡。」

「你可以看到，」當我好奇地檢視他遞給我的卡片時，他便繼續說。「這張卡能兌換特定金額的美元，我們保留了老詞彙，而非本質。儘管我們使用這字彙，它卻不是真實的貨幣，只做為比較不同產品價值上的數值代號。於是，所有產品都以元和分標價，就和你的時代一樣。我用這張卡花費的貨價會被店員劃除，他會根據我購買的物品售價，在卡上的方格戳洞做記號。」

「如果你想跟鄰居買東西，可以把信用卡上的數值傳給他嗎？」我問。

「首先，」里特醫生說，「鄰居們沒東西可以賣我們，但在任何情況下，信用值都不能轉讓，完全屬於個人。核准你提到的轉讓行為前，國家必須調查移轉上的所有細節，以確保一切完全平等。光是擁有錢，並不代表自己確實擁有這筆財富；這理由已足以廢除金錢。在偷竊或謀財害命的人手中的金錢，價值和透過工作賺來的錢價值相同。現代人會為了友誼而交換禮物或人情，但買賣行為完全牴觸了人與人之間的善意與無私，而這種善良心態應該存在於公民與支撐社會體系的大眾利益之間。根據我們的想法，買賣行為帶有反社會元素，它教導人們佔他人便宜；由受過這種教育的公民所組成的社會，就不可能脫離低階文明。」

「如果在一年內，花費超過卡片額度呢？」我問。

「物資量相當充足，我們不太可能把額度花光。」里特醫生回答。「但如果額外花費耗光了額度，我們也能預支明年的部分額度，不過這種行為並不受到鼓勵，額度還會被大幅刪減，以便管控金額。假若有人魯莽地亂花錢，就只會收到月薪或週薪，而非年薪；必要的話，可能完全得不到信用額。」

「如果你們不花費額度，我猜額度會累積吧？」

「當未來有特殊支出時，才會允許額度累積到特定程度。但除非政府收到通知，否則沒花光信用額度的公民，會被認定為沒有需求，額度則會轉入大眾盈餘。」

「這種體系並不鼓勵公民儲蓄。」我說。

「確實不鼓勵。」他回答。「國家很富有，也不希望任何好東西從人民身上被剝奪走。在你的時代，人們囤積貨物和金錢，以便在未來維生和扶養孩童，這使簡約行為成了美德。但現在它沒有這種令人激賞的價值，並在失去實用性後，不再被人視為優點。再也沒有人需要為自己和孩子的明日擔憂，因為所有公民從出生到死亡，國家保證對他們盡扶養、教育，和娛樂的責任。」

「這承諾的範圍真大！」我說。「要如何確保個人努力能補償國家對他的付出？整體而言，社會能扶養所有成員，但有些人肯定賺得比較少，有些人則比較多；這再度讓我們回到薪資問題上，你目前對此隻字未提。如果你還記得，昨晚我們的談話停在這點；我的問題和之前一樣，我認為這點是你們那國立工業體系的主要阻礙。我想再問一次，你們要如何對比較薪資或大量職業的薪資做出令人滿意的調整？這種事難以執行，也難以互相比較，卻又對社會相當重要。在我們的時代，市場利率決定各種勞務費率以及商品價格。雇主盡可能地減少薪資，雇工也只拿到一丁點費用。我承認，道德上來說這並非好體系；但它至少給了我們一個粗糙卻穩固的公式，能處理這件一天必須解決上萬次的問題，世界才能正常運作。對我們而言，似乎沒有別的方案了。」

「沒錯，」里特醫生回答，「在每個人民利益彼此牴觸的社會中，那是唯一的辦法。但如果人類永遠無法發明更好的方案，就相當可悲；因為你們的做法只會將人類與彼此的關係，推向魔鬼的標準。『你的需求就是我的機會。』任何服務的報酬並非取決於其困難度、危險程度、或辛苦程度，因為在世上，最危險、艱困、和令人作噁的勞務似乎都由薪資最低的社會階級處理。但這些勞務，卻都是對其有所需求的人本身的問題。」

「我同意這點。」我說。「但儘管有這些缺點，透過市場利率設定物價的做法，依然是個實用的計畫；我也不明白你們能想出哪種令人滿意的替代方案。由於政府是唯一的雇主，自然不會有勞力市場或市場利率。政府會任意設定各種薪資費率。我無法想像有比那方案更複雜、或更容易催生大眾不滿的任何做法。」

「抱歉，」里特醫生，「我想你誇大困難度了。假設有個以明理人士組成的委員會，透過和我們相同的體系，委員會保障了所有人的工作，同時也允許各種職業選擇，並負責調整各業界的薪資。就算初期會有人感到不滿，你看不出錯誤很快就會被更正嗎？受人偏好的業界會得到太多自願者；在自身問題修復前，受歧視的職業則會缺乏員工。但這假設偏離了重點，因為儘管我認為這作法相當實際，卻不存在於我們的體系之中。」

「那你們如何調整薪資？」我再次問道。

過了沉默的好幾分鐘後，里特醫生才回答。「當然，我夠了解古代的秩序，」他最後說道，「因此明白你這個問題的意義；但現代的社會體制完全不同，所以我有點難以回答你。你問我們如何調整薪資；我只能說，現代社會經濟完全沒有呼應你那時代的薪資觀念。」

「我猜，你是說你們沒有錢能付薪水。」我說。「但國庫給勞工的信用額，就等於我那時代的薪資。要如何決定不同職業中勞工的信用額度？個人要如何宣告自己該得到多少利潤？分配的基準是什麼？」

「個人的理由，」里特醫生回答，「就是自己的人性。他的宣告本質，便是自己身而為人。」

「因為他身而為人！」我不敢置信地回答。「你是說所有人都得到同樣的利潤？」

「是這樣沒錯。」

完全不清楚其他體系、或仔細考量在過往歷史中成功的不同體系的讀者，不可能理解里特醫生這段簡約說明讓我感到的那份訝異。

「這樣說吧，」他微笑著說，「我們不只沒錢付薪水，就像我說的，我們完全沒有應對你們所謂薪水的事物。」

這時，我已經冷靜下來，能問出十九世紀居民會立刻想到的問題，畢竟這件事讓我十分驚訝。「有人做比別人多兩倍的工作！」我驚呼道。「聰明的勞工，會容忍將自己和對工作無感的人列在同一階級的方案嗎？」

「透過對所有人要求同樣程度的服務，」里特醫生回答，「我們消弭了不平之鳴。」

「我想知道，既然沒有人有相同天資，你們要怎麼辦到這點？」

「沒什麼比這更簡單了。」里特醫生說，「我們要求每個人付出同樣的努力，也就是說，我們要求每個人全力以赴。」

「假設所有人都盡力了，」我回答，「每個人能製造的產品數量依然極為不同。」

「沒錯。」里特醫生說。「但成品和問題無關，問題是拋棄責任。拋棄責任是個道德問題，產品數量則是物質數量的問題。用物質標準評斷道德問題，需要極為特殊的邏輯。付出的勞力規模與拋棄責任息息相關。所有盡力付出的人都會做出一樣的事。無論一個人的天賦有多麼強大，都只能應付本身的責任。擁有強大天賦，卻不願盡力做事的人，儘管能表現得比天賦較差的人好，依然會被認為是比後者更差勁的勞工，也只會終身拖累同胞。造物主依每個人的天賦賜予恰當的任務：我們只是讓他們達成天職。」

「這當然是很不錯的哲學。」我說。「不過，即使兩人都盡力了，只讓生產力多出他人兩倍的人得到同值的利潤，似乎太殘酷了。」

「你這樣想嗎？」里特醫生回答。「你知道，這對我來說相當奇特嗎？現代人認為，付出同樣勞力能做出雙倍產量的人，與其受到獎勵，反而該在不盡力時受到懲罰。十九世紀，當馬比山羊拖了更重的貨物時，我猜你們會獎勵馬。現在，如果牠不好好拖，我們會用力鞭打牠；既然牠身體較為強健，就該盡力做事。道德標準有這種改變，真是特別。」醫生說話時，流露出了一股特殊眼神，讓我笑出聲來。

「我想，」我說，「我們認為馬和山羊的天賦只能用在特定用途，而我們獎勵有天賦的人，原因在於動物並非理性的生物，也只會盡力做事；人類則必須根據自身生產力的大小來得到獎勵，才願意全力以赴。所以我想問，除非人性在一百年內經歷了重大變革，不然你們怎麼會脫離這種情況？」

「我們沒有脫離。」里特醫生回應道。「我不認為自從你的時代後，人性在那方面有任何改變。名次和優勢這類特殊獎勵，依然能在任何狀況下激發出平凡人的最佳潛力。」

「但有哪種誘因，」我問，「能在某人無論成就了多少事物，卻只拿到同值的獎勵後，還讓他盡全力做事？高尚的人也許會為了在這體系下為大眾奉獻而努力，但一般人不會認為努力也沒用，因此慢下來嗎？努力不會增加他的收入，也不會因為不努力而使收入減少。」

「你真的認為，」我的同伴說，「除了害怕貧窮與對奢華的熱愛，人性沒有其他動機？你也應該認為，一少了努力的動機，他們就會失去生活上的安全與平等？你的同輩們並不這麼認為，不過他們可能自認相信這點。當問題在於努力程度，和最絕對的自我奉獻時，他們便需要其他動機。問題在於為國家犧牲時，來自他人感激的榮譽感與希望、愛國心和責任的激勵感，被用於鼓勵士兵；而世上的任何時代裡，那些動機都能喚出人們最高貴的特質。不只如此，當你分析在你那時代作為普遍努力動機的金錢時，也會發現對貧窮的恐懼，和對奢華的追求，只不過是追求金錢代表的其中一種動機而已；其他更有影響力的動機，則是對力量、社會地位與名望和成功的渴望。聽著，儘管我們消滅了貧窮與對窮困的恐懼，和過高的財富與對它的渴求，卻還沒碰觸到古代隱含的金錢痴迷，或是能激發莫大努力的動機。再也無法觸動我們的粗俗動機，已經被更高尚的動機取代；你那時代的薪資奴隸們無法了解這些思維。現在各種業界都已不再為私人服務，而是為國家、愛國主義與對人性的熱愛，激勵了勞工，就像你那時代的士兵們。工業大軍是一支軍隊，不只有完美的組織美德，也有激勵成員們的強烈自我奉獻使命感。」

「但因為你們經常用對榮耀的熱愛取代愛國心，以便刺激士兵們的勇氣，於是我們也這樣做。由於我們的工業系統奠基於所有人的努力；也就是說，每個人都得全力以赴。你會發現，我們激勵勞工盡全力工作的方式，是我們體系中的重要部分。對我們而言，為國服務中的勤奮心態，是唯一能催生名望、社會身分和權力的方式。個人服務對社會的價值，會決定自己的社會階層。和我們的社會結構強迫人們必須在工作上保持熱情的效果比起來，我們認為你們利用巨貧與豪奢帶來的物質性教育，是種無效又缺乏確定性的做法，更別提還相當野蠻。就算在你們的粗鄙時代中，對榮譽的不良欲念也曾促使人們進行更危險的舉動，對金錢的熱愛也無法驅使他們這樣做。」

「我非常想知道，」我說，「這些特殊社會結構的細節。」

「計畫中的細節，」醫生回應，「自然非常特別，因為它代表了我國工業大軍的整體組織；但這無法長話短說。」

此時，我們在陽台上的交談被迷人的伊迪絲．里特打斷了。她穿上了外出服，前來和父親談談自己要幫他辦的事。

「對了，伊迪絲，」當她準備離開我們時，里特醫生驚呼道，「也許魏斯特先生會想和妳一起去店裡？我一直提到我們的分配系統，也許他會想看看實地操作的情形。」

「我的女兒，」他轉向我，一面補充道：「非常熱愛逛街，在介紹店家上也能說得比我更清楚。」

我當然喜歡這個提議，伊迪絲也好心地說願意陪我，於是我們便一同離開房屋。

第十章

「如果我得向你解釋我們購物的方式，」當我們沿著街頭走時，我的同伴說，「你也得向我解釋你們的做法。我從來無法理解之前讀過的歷史。比方說，當你們有一大堆充滿不同商品的店家時，女人要如何在逛過一大堆店後下決定？她根本無從下手，只能慢慢找。」

「和妳猜的一樣，這是她唯一的方法。」我回答。

「父親說我逛街逛不停，但如果我得像古代的女人一樣，那一下子就會累了。」伊迪絲笑著說。

「在店家之間漫步確實很浪費時間，忙碌的人經常抱怨這件事。」我說。「至於慵懶的上流社會女子，儘管她們會抱怨，我想這種體制卻是她們消磨時間的好方式。」

「但假設城裡有上千家商店，或許還都是同一種類型的店，那連最懶的人都沒時間逛完全部呀？」

「確實沒人能逛完所有店家。」我回答。「大量購買商品的人，遲早會明白自己能在哪找到想要的東西。這個社會階級將逛街變成一門學問，在購買上總是占上風，永遠都會以最低價格買到最好的商品。不過，需要漫長的經驗才能領會這項知識。太忙或是購買經驗太少的人，都只能碰運氣，通常也不太順利，經常以最高的價錢買到最差的商品。對購物沒經驗的人，只有在走運時才能買到價格恰當的物品。」

「但你們明知有這些問題，為何要繼續使用這種不便的系統？」

「和我們所有的社會體制一樣。」我回答。「妳比我們還看得清其中的問題，但我們找不出解決方案。」

「我們抵達社區商店了。」伊迪絲說，當時我們轉進自己在晨間散步時曾看見的其中一棟雄偉建築的大門。建築外頭完全不像十九世紀的商店。大窗內沒有展示商品，也沒有宣傳或吸引顧客用的道具。建築物前方更沒有任何招牌或浮雕指出店家的性質；反之，在建築物前端相當突出的，則是位於大門頂端的一組真人大小的雕像。位於中央的人像是豐饒女神，手拿豐饒之角。從進出店家的人群看來，購物人口的性別比例跟十九世紀一樣。當我們進門時，伊迪絲說城市裡每個社區中，都有一處這種大型分配所，所以從住處走到分配所，都只需五到十分鐘。這是我第一次看到二十世紀公共建築內部，裡頭的景象自然也讓我印象深刻。我站在一處明亮的大廳中，光芒不只來自四周的窗戶，也從穹頂上灑落；穹頂頂點位於上頭一百英呎的高處。底下的大廳中心，有座華麗的噴水池，噴灑的水花使室內氣氛變得清爽不少。牆面和天花板上都塗上了微淡的色澤，設計來使室內光線變得柔和，卻不致被牆面的漆色吸收。噴水池周遭有塊擺滿椅子和沙發的空間，許多坐在上頭的人正在談話。大廳牆上的銘文指出底下的櫃台負責哪類商品。伊迪絲走向其中一道櫃台，上頭展示了大量圖樣各異的穆斯林薄布樣品，伊迪絲過去檢視這些布料。

「店員在哪？」我問，因為沒人在櫃檯後頭，似乎也沒人來招呼顧客。

「我還不需要店員。」伊迪絲說。「我還沒決定好。」

「在我的時代，店員的首要責任，就是幫客人做開頭的選擇。」我回答。

「什麼！告訴人們他們想要什麼嗎？」

「對，還經常會催促顧客購買他們不需要的物品。」

「但女人們不覺得那種行為很無禮嗎？」

「這是她們唯一在意的事，」我回答。「店員們的責任只有讓貨物消失，也認為得不靠蠻力，盡力達成這要求。」

「啊，對！我真笨，居然忘了！」伊迪絲說。「在你的時代，店家和店員以販賣商品為生，現在當然不同了。商品屬於國家，它們為了有需要的人而存在，店員的工作則是接待客人，並收取訂單；但店員或國家都不樂意把任何物品強迫推銷給不想要的人。」她在補充說明時露出微笑。「如果店員促使客人購買對方不想要或存疑的商品，一定很奇怪！」

「但即使二十世紀的店員不會誘使妳購物，至少該告知妳商品資訊。」我建議道。

「不，」伊迪絲說，「那並非店員的工作。這些由政府部門印出的卡片，能給予我們必要的資訊。」

我看到每項樣品上都附有一張卡片，上頭簡略介紹了商品的做工、原料，和其餘細節資料，以及價格；完全不會讓人有一絲疑問。

「那麼，店員對自己販賣的商品也沒什麼好說的了？」我說。

「完全沒有。他不需知道，也不用專精於商品知識。他只需要表達出接待客人時的禮貌與準確度。」

「簡單的體系省下了整天撒謊的麻煩呀！」我驚呼道。

「你是說，你那時代的店員會亂賣貨嗎？」伊迪絲問。

「絕對不是！」我回答。「因為有許多誠實的店員，他們也該受到特別誇讚，因為當自己與妻小的生計取決於能賣出多少貨物時，欺騙顧客這項誘惑——或欺瞞自己——便相當強大。但是，里特小姐，我講這些話讓妳分心了。」

「一點都不會。我已經挑好了。」她隨即按下一個按鈕，一名店員立刻出現。他用鉛筆在小記事本上抄下她要買的商品，並抄下兩份紀錄；他把一份交給伊迪絲，再將另一份包在小容器中，扔進傳輸管內。

「訂購單據的複本，」伊迪絲說。當店員在她遞出的信用卡上壓下價格戳記後，她轉身離開櫃台。「會交給購買人，這樣如果有問題，才能迅速追蹤處理。」

「妳挑得很快。」我說。「請問妳怎麼知道在別家店不會找到比較適合自己的東西？但也許妳只能在自己的社區中買東西。」

「噢，不。」她回答。「我們想在哪買東西都可以，不過通常都在自家附近。但就算我去別家店，也無濟於事。裡面的商品都一樣，備有所有美國製造或進口的物品。因此我們能快速做決定，也不需要跑兩家店。」

「這只是樣品店嗎？我沒看到店員中斷貨品供應，或是在包裹上做戳記。」

「所有商店都是樣品店，只有幾項特定商品例外。除了這些特例之外的商品，都位於城市裡的大型中央倉庫，生產商會直接把貨物運到那裡。我們透過樣品與印出的質料、做工與品質資料來訂購。訂單會直接送到倉庫，再由倉庫出貨。」

「那肯定省了很多手續。」我說。「透過我們的體系，製造商賣給批發商，批發商轉賣給零售業者，零售業者再賣給消費者，每次都得這樣處理商品。你們消除了一層處理貨物的手續，也消除了零售業者，同時也刪去了零售業者的大筆利潤，以及靠這筆利潤雇用的大批店員。里特小姐，這家店只是批發商倉庫的訂購部，裡頭也只有足夠供應批發商的店員。在我們處理貨物、說服顧客購買、切斷供應和包裝貨物的體系下，十個店員也沒辦法做你們一個店員能做的事。這樣肯定省下了大筆經費。」

「我猜是吧。」伊迪絲說，「但這是我們唯一的做事方式。不過，魏斯特先生，哪天你得請爸爸帶你去中央倉庫，他們在那裡收集從城市中各個樣品部門送來的訂單，再將包裹好的貨物送去目的地。不久之前他帶我去那裡過，看起來也很驚人。這種系統非常完善，比方說，那座亭子裡有位調度員，當店裡各個櫃檯收下訂單時，就會把訂單傳給他。他的助手們會將訂單分類，再將每項商品放在不同運輸盒中。調度員面前有十二個與貨物相連的氣壓傳輸管，每條管道都連結到倉庫中相對應的部門。他會把訂購箱丟進有需求的管內，幾分鐘後，箱子和來自其他樣品店中同種類的貨品，就會掉在倉庫裡正確的辦公桌上。他們會迅速檢閱訂單，並紀錄和裝貨。我覺得裝貨是最有趣的部份，好幾綑布擺在紡錘上，由機器不斷旋轉；也有一台機器的剪裁工則不斷剪開一綑綑的布，直到筋疲力竭，隨後會由另外一個人取代他，處理其他物品訂單的人也會經歷同樣的步驟。接著包裹透過大型運輸管送到市區，然後發送到民宅。當我說，我訂的商品到家的速度，可能會比我自己拿更快時，你就會理解它們的速度有多快了。」

「你們要如何處理人口稀疏的鄉間地區呢？」我問。

「系統相同，」伊迪絲解釋道，「鄉間的樣品店與郡立中央倉庫的傳輸管相連，中央倉庫約莫位於二十英哩外，不過，運輸速度快到使運輸時間變得微不足道。但為了節省成本，在許多郡內只有一組傳輸管，將好幾座村落和倉庫連在一起，這樣就會有時間浪費在等待上了，有時候得等上兩三小時才會收到商品。去年夏天我住的地方就是這樣，我也覺得那樣很不方便。」

「比起市區商店，鄉間店家肯定還有許多其他不便之處。」我詢問道。

「不，」伊迪絲回答，「其他方面都一樣好。規模最小的村莊中的樣品店和這家店一樣，能給你全國都買得到的各式商品，因為郡立倉庫和市區倉庫有相同的貨品來源。」

當我們走回家時，我談起了房屋的各式大小與成本。「這種差異，」我問，「怎麼會在所有公民都有同等收入的情況下出現？」

「因為，」伊迪絲解釋道，「儘管收入相同，個人品味卻決定了自己該如何花費這筆費用。有些人喜歡好馬；有些像我一樣的人，則喜歡漂亮衣服；還有很多人喜歡特殊的桌子。國家為這些房屋徵收的租金會因大小、美觀度和地點而有所差異，所以每個人才能找到適合自己的選項。大家庭通常居住在大房子中，諸多家庭成員會一起分擔房租；像我們家這樣的小家庭，則覺得小一點的房屋方便又經濟實惠，這完全取決於個人品味與方便性。我在書上讀到，古代的人們經常為了炫耀，而買下許多房舍，和做其他自己無法負擔的行為，以便讓別人覺得自己比實際上來得更富有。真的是這樣嗎，魏斯特先生？」

「我得承認這點。」我回答。

「你瞧，現在不能這樣做了，因為每個人的收入都是公開資訊。大家也知道，在一個地方花費，就得在另一個地方省錢。」

10 作者注：有人告知過我，自從上述事件後，這項分配服務在某些鄉間地區的缺陷很快就會改善，每座村莊很快就會有自己的管線了。

第十一章

當我們回家時，里特醫生還沒到家，里特太太也不見人影。「你喜歡音樂嗎，魏斯特先生？」伊迪絲問。

我向她保證，音樂對我來說等於一半人生。

「抱歉，我不該問的，」她說。「這不是我們現在會問彼此的事。但我讀過，在你的時代，即使上流階級，也有人不在乎音樂。」

「這有個理由，」我說，「我們當年有些相當愚蠢的音樂。」

「對，」她說，「我知道，恐怕我自己也不喜歡。你想聽聽看我們的現代音樂嗎，魏斯特先生？」

「我肯定喜歡聽妳表演。」我說。

「聽我表演！」她驚呼道，一面笑了起來。「你以為我要演奏或唱歌給你聽嗎？」

「我自然希望如此。」我回答。

注意到我有些尷尬後，她收斂了點笑意，並解釋道：「當然了，因為受過歌唱訓練，現在我們都會唱歌，有些人也會為了自娛而學習樂器。但比起我們任何人的表演，專業音樂要來得更加華麗又完美，而且想聽時就能聽，因此我們不太會想自己唱歌或演奏。音樂服務提供了很棒的歌手和音樂家，我們其他人只要安靜傾聽就好。但你真的想聽音樂嗎？」

我再度向她保證自己想聽。

「那麼，進音樂室吧。」她說，我則跟著她走進一座沒有窗簾、卻擁有光滑木質地板的套房。我預期看到新穎的樂器，但我在房內看到的東西，卻與樂器大相逕庭。我困惑的神情明顯讓伊迪絲覺得相當逗趣。

「請看今天的音樂，」她說，並遞給我一張卡片，「告訴我你喜歡哪種音樂。如果你記得的話，現在是五點。」

卡上標明了日期：「二〇〇〇年九月十二日」，也包含了我看過最長的音樂節目表。內容漫長又多元，有大量聲樂與樂器獨奏、二重奏、四重奏，和不同的樂器組合。當我還在對這份驚人的名單感到訝異時，伊迪絲用粉紅色的指尖，指向上頭一處將許多部份圈起來的括號，旁邊寫著「五點」的字樣；接著我發現，節目表紀錄了一整天的排程，根據二十四小時而排出相應對的順序。「五點」的區塊只有幾首樂曲，我則挑了一首風琴樂。

「我很高興你喜歡風琴。」她說。「沒別的音樂更適合我的心情了。」

她要我坐得舒服點，接著走到房間另一側。在我看來，她只碰了一兩個旋鈕，房內就立刻充斥著管風琴的樂音。樂音並未爆出巨響，由於某種原因，樂曲音量相當適合此套房的大小。我屏氣凝神地仔細聆聽，從沒想到能聽見這麼完美的音樂。

「太厲害了！」當最後一絲音符消失在空氣中，化為沉默時，我叫出聲來，「那台風琴展現了巴哈的精華，但風琴在哪？」

「請等一下，」伊迪絲說，「在你提問之前，我想先讓你聽一下這首華爾滋舞曲，我覺得它十分怡人。」她說話同時，小提琴的音色便響徹房內，就像是夏夜中的迷幻魔法。曲子演奏完畢時，她說：「這些音樂並沒有你想像中那麼神秘。這不是精靈演奏的，而是踏實又聰慧的人類雙手。我們也將分工合作的概念導入音樂之中，和其他事物一樣。城市裡有許多音樂室，為不同種類的音樂做特殊裝修。市區中的居民只要花一小筆費用，就能透過電話將自己的房屋和這些音樂廳連結。相信我，所有人都這麼做。每座音樂廳中的音樂家陣容都相當龐大，儘管每個表演者或表演團體的演出比例都不多，每天二十四小時卻都有安排演奏。如果你仔細看那張卡的話，上面記載了今天四種不同的音樂會，每場音樂會都包含了不同種類的音樂，並在同時間演奏。只要按下按鈕，就能透過從你家連到被選定的音樂廳的電纜，聽到四首曲子中你喜歡的那首。由於節目排程的方式，通常會提供選擇同時在不同音樂廳中播放的曲目，可以選擇的內容不只涵蓋樂器演奏或人聲，也可以挑選不同樂器，還能挑選肅穆到愉悅各種不同音樂風格，順著各種不同品味或心情調整。」

「對我來說，里特小姐，」我說，「如果我們能發展出一種為所有人在家中提供音樂的機制：品質完美、種類無上限、適合各種心情，並能隨意播放與停止，我們就抵達了人類福祉的最高點，也不須再追求進步了。」

「我完全無法想像以前這麼需要音樂的人，如何忍受供應音樂的老舊系統。」伊迪絲回答。「我猜，大眾肯定無法獲取真正值得被聆聽的音樂。就算最有權勢的人，也只能在花了大筆金錢後，在短期內受他人任意安排聆聽，還得忍受各種令人不悅的情況。像是你們的音樂會和歌劇！就為了適合自己的兩首曲子，每個人都得坐上好幾小時聽自己根本不在乎的音樂，一定令人很喪氣！在現代，人們可以跳過晚宴中沒興趣的餐點。無論自己有多餓，有誰會想把餐桌上的所有食物都吃完？我也相信人的聽力就和味覺一樣敏感。我猜，是因為在獲得好音樂上的困難，才讓你們忍受讓只有基礎音樂能力的人在家裡演奏和唱歌。」

「對。」我回答。「如果不聽那種音樂，我們就沒得聽了。」

「好吧。」伊迪絲嘆了口氣。「仔細想想，那些年代的人不在乎音樂這件事，其實並不使人感到意外。我想，連我們自己都會討厭吧。」

「我應該沒有搞錯吧，」我問。「這份音樂節目單涵蓋了二十四小時的表演？這張卡片上是這麼寫的；但誰會在午夜和清晨之間聽音樂？」

「噢，有很多人呀。」伊迪絲回答。「我們的人民無時無刻都會使用。但就算半夜到早上沒有一般人會聽音樂，也會播給失眠者、病人、和垂死之人聽。我們所有臥房內的床頭邊，都裝設了電話，讓失眠的人能隨時聆聽適合自己心情的音樂。」

「我的房間裡有這種系統嗎？」

「當然了，我真笨，昨晚居然沒跟你說這件事！不過，今晚你上床前，爸爸會告訴你要怎麼使用那些設備。一把聽筒靠到耳邊，我相信任何不適情感都能迎刃而解。」

當晚里特醫生問了我們去店裡的事，而當我們在之後隨性比較十九世紀與二十世紀的生活方式時，提到了繼承的問題。「我猜，」我說，「現在已經不允許財產繼承了。」

「正好相反。」里特醫生回答，「繼承權完全不會受到干涉。事實上，魏斯特先生，等你更了解我們，就會發現比起你習慣的世界，現代對個人自由的干預更少。我們的法律確實規定每個人都得在固定期間內服務國家，而不是像你們一樣，讓人們選擇工作、偷竊或挨餓。除了源自於對所有人一視同仁的自然法則——伊甸園的法令——這項基礎法條外，我們的體系並不以法律作為基準，反而完全以自主性驅動，這也是人類天性在理性條件下會做出的合理行為，繼承問題反映出了這點。國家身為唯一的資本家與地主這件事，限制了個人的年度信用額度，以及他透過此額度換來的私人與家族所有物。他的信用額度就像你們的年金一樣，在死亡時到期，也會得到定量的喪葬費。他能將剩餘財產任意分配給別人。」

「那在過了很長的時間後，要怎麼樣避免民眾手中累積的有價貨物和私人財產，對公民的平等生活造成嚴重損害呢？」

「這問題很容易解決。」他回答。「在目前的社會架構下，只要個人財產的累積量一超過需求量，就會造成負擔。在你的時代，如果某人有棟塞滿了金銀碗盤、稀有瓷器，和昂貴家具等物品的房子，他就會被認為是有錢人，因為這些物品代表了金錢，也能隨時轉換成等值的錢；在現代，如果某人有一百名親戚同時死亡，使他收到大筆遺產，則會被認為非常不幸。這些無法轉賣的財物，除了它們的實際用途或做為欣賞用外，對擁有人完全沒有價值。另一方面，既然他的收入沒有變動，就得耗盡信用額度去租用房屋來存放這些物品，接著還得付錢給照料物品的人。這個人一定會立刻把會讓自己變窮的物品分送給朋友們，朋友們也不會接受超過自家容納範圍，或無暇照料的物品。因此，為了避免囤積禁止繼承私人財產，對國家來說只是畫蛇添足，公民不會讓自己負擔過重。由於公民對此十分謹慎，親戚們通常都會拋棄離世親友的遺產，只收下特定物品。國家會收下被放棄的財產，並將有價物品再次送入國庫。」

「你提到付錢請人照料房屋的服務，」我說，「這也是我想問好幾次的問題。你們怎麼處理家政事務？當所有人都是身分平等的社會成員，誰願意在社群中擔任僕人？就算大眾不太否認缺乏社會平等，我們的小姐們依然覺得難以找到僕人。」

「正是因為我們的社會人人平等，無法矮化平等權，也由於社會的基礎原則是所有人都該輪流服務他人，使服務帶來了榮譽感。因此如果有需要，我們就能輕易提供你從未想像過的家僕團體。」里特醫生回答。「但我們不需要僕人。」

「那誰幫你們做家務？」我問里特太太。

「沒人會做。」里特太太說。「我們在公共洗衣間清洗衣物，費用極度便宜，烹飪則在公共廚房完成。公共店家會製作與修補衣服，電力自然取代了火焰的照明功能。我們不選擇比自身需求更龐大的房屋，為了方便管理，裡頭的裝設也相當簡約，我們不需要家僕。」

「你們的貧窮階級，」里特醫生說，「能供應無限名農奴，去從事各種痛苦又困難的任務，也使你們對防止農奴存在的機制覺得無感。但現在我們都得輪流為社會服務，國內每個人的利益取向都相同，也對減輕負擔的機制存有更為私人的情感。所有業界因此受到強烈刺激，來發明節省勞力的機制，而綜合最大舒適與最低麻煩的家庭機制，便是最早的成果之一。」

「至於家中的特殊緊急狀況，」里特醫生繼續說，「像是清掃或房屋裝修，或是家中有病人時，我們都能從工業勞力中找到援助。」

「但既然你們沒有錢，要如何補償這些助手？」

「我們當然沒辦法付他們錢，但國家辦得到。透過向適當單位申請，就能得到這些人的服務，他們的費用也會從申請人的信用卡額度中扣除。」

「對女人而言，現代世界真是個天堂！」我驚呼道。「在我的年代，就連財富與無限量的僕人，都無法使人們免於家庭勞務，而家境中上和貧窮階級的女人們，則得為家事勞心勞力。」

「對，」里特太太說，「我讀過那件事。這足以讓我相信，即使你那時代的男人們日子過得相當苦，也依然比自己的母親或妻子更幸運。」

「國家寬闊的雙肩，」里特醫生說，「背負起壓垮你那時代女人背部的重擔時，只感到輕如鴻毛。她們的苦難和你們的其他問題一樣，都來自個人主義——也就是當時社會系統的基幹——的缺乏合作，加上你們無法明白與其和同胞競爭，彼此合作才能製造多出十倍的利潤。神奇的是，你們不只過得更舒適，居然還能彼此同居，所有人也不斷企圖使他人成為自己的僕從，並奪取他人的財產。」

「好了，好了，爸爸，如果你說得這麼激動，魏斯特先生會以為你在訓斥他。」伊迪絲笑著打岔。

「當你們想找醫生時，」我問，「你們會向適當單位申請，看看會不會派人來嗎？」

「就醫生的情況而言，那條規範不太有效。」里特醫生回應。「醫生能為病人做的，大多取決於醫生對病人體力條件與狀況的了解。因此，病人得找特定的醫生，做法和你的時代一樣。唯一的差別是，醫生不會直接向病人收費，而是根據醫療服務的頻率，從病人的信用卡上抹去恰當的信用額，並對國家收費。」

「我能想像，」我說，「如果費用都一樣，而醫生也不能拒絕病人時，優秀的醫生會經常被找去，醫術較差的醫生則無事可做。」

「首先，請忽略某位退休醫生話語中的自傲，」里特醫生帶著一抹微笑回覆，「我們沒有醫術不佳的醫生。現在任何想學點醫術的人，並不能像你的年代一樣，能恣意在人民身上施行醫術。只有通過學校嚴格測驗的學生，在清楚證明自己的能力後，才會被允許行醫。你也會發現，現在沒有醫生會藉由打壓其他醫生的名譽，來提高自己的聲望，他們完全沒有這樣做的動機。再者，醫生也得定期向醫療部門呈遞報告，如果沒得到合理的雇用，也會替他找工作。」

第十二章

在對二十世紀的社會架構有概括了解前，我有無窮無盡的問題要問，而里特醫生也好心地願意回答我，於是在女士們離開後，我們又熬夜談了很久。在提醒了東道主關於我們那天早上尚未結束的話題後，我向他表示自己很想知道，在勞工不擔心自己生計的情況下，工業大軍的組織體系如何提供對方足夠的勤奮動機。

「首先你得了解，」醫生回答，「提供勞工努力的動機，只是我們在工業大軍架構中的其中一個目標。另一個同樣重要的目標，就是找到領袖和頭目們，以及國家的高級官員們。這些有能力的人，受到自己職業的驅使，必須要求屬下維持最高水準的表現，也不允許任何落後狀況。工業大軍便是在這兩種條件下所產生的。首先是未分類的一般勞工，他們能接受任何工作，所有人在前三年都屬於這階級。這階級類似學校，規範非常嚴格，年輕人會在此學到服從、遵守命令，並對責任做出自我奉獻。儘管這些人力會執行多樣化工作，避免勞工被系統化分類（之後依然可能發生），但仍然會將個人紀錄保存下來，良好表現會受到獎勵，低劣的工作成果也會引來相對的懲處。不過，當過失並不嚴重時，我們並不常讓年輕人的血氣方剛或輕率行為，影響他們未來的事業發展。在沒有犯下大錯的情況下通過未分類階段的人，則會有同等機會來選擇自己最喜歡的職業生涯。做出選擇後，他們就以學徒身分進入業界，每個業界的學徒期長度都不同。這段期間結束後，學徒就會成為合格的勞工，也是業界或工會成員。現在不只會將學徒期的紀錄完善保存，連在特殊方面的良好表現紀錄也會登記下來。學徒時期的平均表現紀錄，還會影響學徒成為全職勞工後的待遇。

雖然不同業界（像是機械類或農業類）的內部組織彼此不同，卻都根據能力將員工分為一級、二級和三級，這些分級還會在許多狀況下，再細分為一等和二等。根據年輕人擔任學徒時的表現，再被分為一級、二級、或三級勞工。當然，只有擁有傑出能力的年輕人，能直接由學徒身分躍升到一級勞工。大多數人都分類到較低的階級，等經驗更加老到後，再透過定期重新分級測驗來升級。這些重新分級測驗在每個業界的學徒期結束後的空窗期舉行，優秀人才就不需等太久才能晉升，除非他們願意被分到更低的階級，也沒人能仰仗過去的成就。得到高分的其中一項優點，就是讓勞工在選擇其業界特殊專長時，擁有選擇特權。這些程序不會故意設定得特別艱難，但不同程序之間經常有差異，使得選擇特權相當受重視。目前，就連安排能力最差的勞工其工作時，也會考量他們的個人喜好，因為這樣才能同時加強他們的福祉與工作效益。不過，低階勞工的意願只能在工作上允許時才會被考量，必須排在高階勞工之後，也經常得接受次等或三等的選擇，甚至是在緊急狀況下被隨意指派任務。每次重新分級時都會賦予選擇特權，而當有人遭降級時，自己偏愛的工作也會被換成不太喜歡的職務。每次重新分級的結果，都會依照每個人在各業界中的表現，刊登在公共報刊上。從上一次重新分級時贏得升遷的人們，會受到全國致謝，並公開頒授代表新階級的徽章。」

「是怎麼樣的徽章？」我問。

「每個業界都有自己的徽記，」里特醫生說，「這枚金屬徽章小到除非你知道該往哪看，否則看不見它。除了需要穿戴特殊制服的特定公眾場合外，所有工業大軍的成員都會配戴這枚徽章。工業中所有階級的徽章形狀都一樣，三級徽章是鐵製的，二級則是銀製，一級是鍍金徽章。

除了道德上的激勵誘因外，國家內的高位只接受階級最高的人，而工業大軍中的高位階則由社會中大多數平民構成。他們並不精於藝術、文學、或專業工作，卻會得到獎勵性特權或豁免權，作為較差卻同樣有效的誘因。這些誘因只有在高階勞工身上，才會是常態性獎勵。儘管這些誘因並非設計成讓較不成功的勞工感到羨慕，但的確能有效地使每個人努力讓自己升級。

重要的是，不只是良好的員工需要有升遷的野心，就連對工作無動於衷或工作能力低落的勞工，也該有同樣想法。後者的數量自然大得多，因此分級系統不該打壓他們，反而要刺激他們進步。因此，級別還會再分類成等別。每次重新分級時，級別與等別的人數都會調整為相同數目。除了軍官、未分類和學徒階級外，工業大軍中超過九分之一的人口都會被分為最低等。這些大多是新學徒，未來也都會升遷。在勞務過程中，完全停留在最低等分級的人，只占工業大軍中的一小部分，也容易對自身處境無感，更別提讓自己進步了。

勞工甚至不需要透過升級來得到榮耀感。雖然勞工需要優良紀錄才能升遷，不足以造成升級的良好表現還是會得到名譽和各種獎項，在不同業界中的特殊事蹟和獨特表現也會得到同樣的獎勵。不只在級別內，在等別內也都有許多小型獎項，每種獎項都用來作為激勵團體用的誘因。每件良好行為都會得到認可。

至於不受誘因驅使的人出現翹班、工作成效惡劣或其他怠慢行為，工業大軍對此則非常嚴厲，完全不允許這類行為發生。能做事卻不斷拒絕工作的人，會遭到獨立監禁，只能食用麵包和水，直到他妥協為止。

工業大軍中最低階的軍官是助理工頭或中尉，只有一級勞工中的一等成員，在維持此階級兩年後才會被挑選為這類軍官。因此，只有到了大約三十歲，人們才可能成為指揮人員。成為軍官後，個人的分級就不再取決於自身工作的效率，而是他下屬的效率。工頭會從助理公頭們中挑出，也只會仔細遴選其中一小批人。指派更高階的人員時，則有另一項原則，但現在解釋就太花時間了。

我描述的這種體系，自然不可能運用在你那時代的渺小工業問題上。以往的部分工業中，員工數量往往少到無法分級。你必須記得，在國家的勞動組織下，所有職業都需要大量人力，許多你那時代的農場或商店都合併成單一個體。也是因為每種工業的大規模結構，與延伸到國內每個地點的廠區，使我們能透過交換員工或調職，讓每個人找到最適合自己的職位。

現在呢，魏斯特先生，在解釋過體系概要後，我讓你自己思考：需要特殊誘因才能好好工作的人，在我們的體系下是否還缺乏動力？你不覺得，當人們無論自願與否都得進行義務工作時，這種系統能更強烈地刺激他們盡力做事嗎？」

我回答：「對我來說，如果要反駁的話，就是這類誘因太強了，為年輕人設定的工作速率也太過急躁。」我謙遜地補充說：「儘管我與你們相處了一段期間後，已經比較了解你們，但我的意見並沒有改變。」

里特醫生的答覆，或許對我的回應而言是恰當的答案。他要我思考：勞工的生計不可能取決於自己的階級，對升級的擔憂也從來不會加深他的失望。工時很短，有固定假期，工作生涯也會在四十五歲停止，約莫是中年時期。

「我應該提出另外兩三點，」他補充道，「才能避免你得到錯誤印象。首先你得了解，儘管這種升遷系統較為重視工作有效率的勞工，卻沒有違背我國社會系統的基本概念，即無論全力發揮出來的力量是大是小，所有盡力做事的人都該得到平等待遇。我解釋過這系統利用升遷機會同時鼓勵弱者與強者，而強者被選為領袖並非與弱者相互牴觸，而是為了大眾福祉所作出的決定。

也別假定，就因為我國體系將競爭視為工作誘因，我們就認為這樣較容易吸引性格高尚的人，或是願意認真做事的人。這種人會打從內心找到動力，而非受外界刺激而改變；他們也根據自身天賦來評估自身責任，而非與他人職務相比較。只要他們的成就與天生能力成正比，便會認為因成就大小而受到褒揚或責難，是件荒謬的事。對這樣的人而言，盡力競爭在哲學上相當愚蠢，道德上也令人輕視，因為此舉將人們從對他人的成功與失敗中，所感受到的羨慕替換為景仰，也將剝削替換為悔意。

但所有人，就算是二十世紀最後一個年頭的人，也都沒有這類高尚想法；用於刺激缺乏這類想法的人的誘因，則必須因應他們較為弱勢的天性做出改變。對這些人而言，最激烈的競爭是毫不停歇的刺激因子。需要這種動力的人能感受得到，超脫它影響的人則不需要它。」

「我還得說明，」醫生繼續說，「對心理或體力狀態不佳，以致於無法和多數人一同接受分級的人而言，則有與其他人不同的等級，即身心障礙部隊，成員們會得到他們有能力執行的輕量任務。無論是身心靈病患、聾啞人士、盲目殘疾人士或精神病患者，都屬於身心障礙部隊的成員，也會配戴該組織的徽章。最強壯的人幾乎能完成一人份的工作，而最虛弱的成員自然什麼都做不成；但能做事的人，都不願意放棄。在短暫的清醒時刻中，就連我們的精神病患都樂於盡一己之力。」

「身心障礙部隊是個不錯的想法。」我說。「即使十九世紀的野蠻人也能接受這件事。這是非常好的慈善行為包裝方式，受到幫助的人肯定也很感激。」

「慈善！」里特醫生重複道。「你以為我們談論殘障階級時，是指受接濟的人嗎？」

「當然了。」我說，「畢竟他們無法自理生活。」

但這時醫生迅速看了我一眼。

「誰能自理生活？」他質問道。「在文明社會中，沒有自理這種事。在連家庭合作都不懂的野蠻社會中，每個個體也許都能養活自己，但其實也只能擔起自己生活一部分的責任；但從人類開始群居，並形成最粗略的社會結構開始，自理生活就成為不可能的事。當人類變得更文明，職業與服務的分支便開始延伸，而這複雜的共生體系則成為普世規範。儘管每個人的職業看似獨立，卻都屬於龐大的工業體系，和國家一樣龐大，也與人類族群的大小相仿。共同依賴的重要性，反映出責任與對共同援助的保障；在你的時代，它並沒有構成你們體系中的殘忍性質和不理性元素。」

「也許吧，」我回答，「但它並未觸及無法對工業產品做出貢獻的人。」

「我今天早上肯定告訴過你，或是我以為自己提過，」里特醫生回答，「每個人得到國家認可的權利，取決於他是否身為人類，而不在於他的健康與體力強弱，只要他盡力做事就好。」

「你提過了，」我回答，「但我猜，這種規範只應對到擁有不同能力的勞工。對無力做事的人，這規則也算數嗎？」

「他們不也是人嗎？」

「那麼，聾盲瘖啞的殘疾人士們，和工作最有效率的人擁有相同待遇，也有相同收入嗎？」

「當然了。」這是他的答案。

「這種大規模的慈善概念，」我回答，「連我們最熱心的慈善家都會為之驚嘆。」

「如果你家裡有生病的兄弟，」里特醫生回應，「無法工作，你會餵他品質不佳的食物，並給他比你自己使用的更加破爛的住所或衣物？最有可能的是，你會給他更好的事物，也不會認為這種舉動是慈善之舉。那個字眼不會讓你感到不悅嗎？」

「當然了，」我回答，「但這兩種範例毫無關聯。所有人類在某種程度上都是兄弟，但除了講好聽以外，這種概略的兄弟關係，無論在情感或義務上，都無法與血親關係相比擬。」

「這就是十九世紀的說法！」里特醫生驚呼道。「啊，魏斯特先生，你果然睡了很久。如果我能用一句話向你解釋，我們的文明和你的時代相比下最大的關鍵謎題，就是這點：人類的團結與同胞情誼，對你們而言只是好聽話，對我們的想法與情感而言，卻是和血緣關係同樣重要的聯繫。

但就算不考慮這點，當無法工作的人與能做事的人待遇相同時，我不明白為何你會感到訝異。即使在你的時代，為了保家衛國用的軍事役期（和我們的工業役期相符）儘管對能服役的人而言是義務，卻不會剝奪無法服役的市民的權利。他們待在家中，受到能出力作戰的人保護，也不會有人質疑這些人的權益，或輕視他們。現在，要求有力人士加入工業勞務的規範，並不會剝奪公民的權利，這裡指得是無法工作的公民會得到的生活費。勞工成為公民的原因，並不是因為自己能工作，而是由於身為公民，從而必須進行勞動。既然你了解強者在捍衛弱者上的責任，當戰爭在現代結束後，我們便認同了強者為弱者服務的責任。

只留下未解問題的解決方案，等於什麼事也沒解決。而我們用於解決人類社會問題的方式，如果使殘疾人士、病人與盲人淪落到和動物一樣自生自滅的生活，這種方案便毫無幫助。寧願讓體態良好又健壯的人缺乏福利，也不能讓這些有缺陷的人缺少援助。每個人都該關心他們，也該讓他們身心靈都感到放鬆。因此，就像我今天早上告訴你的，每位男女老幼生存上的權益，都奠基於涵蓋廣闊的樸實原則上，比他們都身為同胞這事還要單純——都是人類的一員。唯一同樣的潮流是上帝的形象，而那對我們來說也代表了良善。

我想，你那時代文明的想法中，沒有什麼比對弱勢族群的輕視，更讓現代人感到作嘔了。即使你們沒有同情心，也沒有同胞情誼，但怎麼看不出：不提供弱勢階級幫助，就等於褫奪了他們的權益？」

「我不太明白這點。」我說。「我承認我們確實對弱勢階級不公，但沒有生產力的人，為何有權分享福利？」

「你們的勞工們，」里特醫生回答，「怎麼會比野蠻人更有生產力？難道不是因為你們不費吹灰之力，就繼承了人類本身的過往知識與成就，與數千年來營造出的社會機制？既然你們對這種精神遺產的貢獻只有九牛一毛，怎麼能得到這種知識與機制？你們承襲了這些遺產，不是嗎？而其他被你們驅逐的殘缺弟兄們，不也和你們一樣繼承了同樣的遺產嗎？你們拿他們的份怎麼了？當你們讓這些也有權坐享同樣遺產的人們，只得到微不足道的福利時，不是奪走了他們的權利嗎？而當你們稱這一丁點養分時為慈善時，不也是火上加油嗎？」

「啊，魏斯特先生，」當我沒回應時，里特醫生就繼續說，「先不談對殘疾人士展現的公正行為或同胞情誼，我不了解的是，明知在不幸的情況下，兒孫們的福祉與生活必需品可能會遭到剝奪，你那時代的勞工怎麼會想全心工作？有孩子的人居然會喜歡這種只顧自己，卻不獎勵缺乏體力或心智健全度的人的體系。因為，透過這種使父執輩獲利的歧視機制，儘管自己願意為子孫付出性命，子孫卻有可能因為比別人脆弱，而淪落到乞討一途。我從來都無法理解，當時的人怎麼敢留下子嗣。」

注記：儘管在前晚的對話中，里特醫生強調了要花多少工夫，才能使每個人都能在選擇職業時順從自己的天賦，一直到我了解所有職業的勞工薪資都相同後，我才明白這件事的可能性。透過挑選對自己負擔最輕的挑戰，才能找到自己能全力以赴的方向。我的時代無法利用任何有效的系統性作法，來發展人民的天賦，以因應工業與智慧產業的發展。這是一大損失，也是當時造成人民不幸最普遍的原因之一。我那個時代大多數人民儘管能自由選擇工作，卻從未真正做出選擇，反而受情境逼迫進入由於自己沒有天賦，因此相對無力應付的工作中。從這個層面來看，富人並不比窮人好多少。後者確實缺乏教育，也沒有機會確認與生俱來的資質，更因為自身的貧窮，而無法在理解自身天賦時，培養自身能力。除了在意外的幸運情況下，他們無法自由得到技術專業，這對他們與國家而言都是損失。另一方面而言，儘管富人擁有教育與機會，卻同樣受到社會偏見限制，而無法從事體力勞務。即使自己習慣勞務，或注定擁有這類天賦，卻無法從事相關職業，因而浪費了許多優秀的手工業者。對金錢貪婪的考量，使人們追求不適合自己的賺錢職業，而非報酬較低，卻適合自己的工作，這種想法使諸多天賦遭到荒廢。這一切在現代都改變了。平等的教育與機會必須讓人了解自身的天賦，而社會偏見或唯利是圖的心態，都不能阻止人找到一生的志業。

第十三章

就像伊迪絲保證過的，當我準備就寢時，里特醫生陪我回臥房去，教我如何使用音樂電話。他示範如何透過旋轉幾個旋鈕，就能使房內充斥音樂，或使音量減低到像是微弱的回音，使聽眾無法判斷自己是否有聽到聲響，或只是想像而已。如果有兩個人躺在一起，一個人想聽音樂，另一個人想睡覺，便可以調整只讓一個人聽到，另一個人則一點聲音都聽不見。

「如果你今晚能入睡的話，我強烈建議你睡覺，而不是聽世上最美的樂曲。」解釋過機器用法後，醫生說道。「在度過這麼多辛苦事後，沒有什麼比睡眠更能安定神經了。」

一想到早上發生的事，我就答應聽他的建議。

「很好，」他說，「那我就把電話調到八點。」

「這是什麼意思？」我問？

他解釋，透過發條轉盤，使用者可以在任何時間被音樂喚醒。

我似乎已開始把失眠與其他生活問題遺留在十九世紀了。因為儘管這次我沒有服用安眠藥，但前一天晚上，我一碰到枕頭就立刻睡著了。

我夢到自己坐在阿爾罕布拉宮[11]宴會廳裡的亞班賽拉吉家族王位上[12]，和我手下的貴族與將軍們享受宴席，隔天他們就要打著月牙旗，前去對抗西班牙的基督教走狗。被噴水池水柱冷卻的空氣中，飄散著花香。有一群身材姣好、雙脣豐滿的丑舞女郎[13]，正隨著宏亮弦樂跳起妖豔的舞蹈。當我抬頭望向格狀長廊時，三不五時會瞥見後宮中某位佳麗閃爍的目光，正注視著聚集在樓下的摩爾人[14]騎士們。鐃鈸聲越來越響亮，樂音也漸趨狂野，直到這支沙漠民族的血液再也無法抗拒武力帶來的狂喜，黝黑的貴族們也立刻站起身。上千把彎刀瞬間拔出刀鞘，而「萬物非主，唯有真主！」的叫喊聲讓大廳為之動搖，也讓我驚醒，並發現外頭已經天亮了，房裡則響著《土耳其起床號》（Turkish Reveille）的樂音。

當我在餐桌邊向東道主提及早上的經驗時，便得知自己被起床號喚醒並非巧合。大清早時總會有一座音樂廳播放激勵人心的音樂。

「順道一提，」我說，「我還沒想過要問你關於歐洲的事。舊世界的社會也被重新改造了嗎？」

「對，」里特醫生回答，「歐洲列強們、澳洲、墨西哥，和部分南美洲國家，現在都擁有和美國相似的工業化體系，美國則是此趨勢的先驅。這些國家之間的和平關係，則由全世界的聯邦系統維繫。國際議會主理聯邦成員的互動與貿易關係，以及聯邦對落後民族採取的統一政策。這些民族則正在接受教育，漸漸達到文明標準，每個國家都有完全自主權。」

「你們怎麼在沒有金錢的狀況下進行貿易？」我說。「儘管你們在國家內政上不使用金錢，與其他國家貿易時，肯定得使用某種貨幣。」

「噢，不。在外國事務上，金錢就和在內政上一樣多餘。私人企業進行外國貿易時，由於交易上五花八門的複雜問題，必須使用金錢來調整，但現在它只是國家的功能性單位。因

---

11 譯注：Alhambra，西元九世紀於西班牙格拉納達建造的宮殿要塞。

12 譯注：Abencerrages，在十五世紀的格拉納達王國享有重權的家族。

13 譯注：Nautch，北印度傳統舞蹈。

14 譯注：Moors，中世紀伊比利半島上的伊斯蘭教徒。

此，世上只有大約十二名商人，他們的事業也受到國際議會監督，簡單的記帳系統就能控制他們的交易。海關職責自然相當多餘，國家不會進口政府認為對大眾無益的物品，每個國家都有外匯交易局，負責管理國家的貿易行為。舉例來說，美國的外匯部門估算一年該引進多少法國貨物進入美國，接著把訂單送到法國部門，對方再把貨物送到我國的貿易局，所有國家皆是如此。」

「但既然沒有競爭，要如何制定外國商品的價格？」

「國家間彼此交易貨物時使用的價格，」里特醫生回應，「必須跟供應自身國民的價格一樣，因此，此舉不會造成誤會。當然，也沒有國家必須將自己國民生產的產品供應給別國，不過，為了大眾福利交易貨物也是好事。如果有國家定期提供特定貨物給他國，雙方就都得提供關於重要交易的通知書。」

「但如果有國家獨佔了某種天然產物，卻拒絕將產物提供給別國，或是特定國家呢？」

「從沒發生過這種事，而且對拒絕國造成的傷害比對其他國更大。」里特醫生回答。「首先，法律禁止一切偏心行為。法律要求每個國家在與彼此交易時，必須在各層面維持平等。你的假設會使該國完全被世上其他國家隔離。因此我們不太擔心這種問題。」

「但是，」我說，「如果某個國家獨佔了出口量比消耗量更高的天然產物，並在沒有削減供應量的狀況下提高價格，進而透過鄰國的需求大發利市呢？它的國民勢必得為該貨物付出更高的價格，但比起賺自家人的錢，國家能從外國人身上賺更多錢。」

「當你了解如何界定現代所有商品的價格時，就會明白除非在製造過程中的工作量特別高或艱困，否則價格根本無法改變。」里特醫生如此回答。「這項原則是國際與國內的保證。但就算少了它，對國際或國內大眾利益的重視，以及對自私純屬愚昧這件事的確信，在現代已經相當根深蒂固，無法執行你剛剛的提議。你得了解，我們都無比期盼未來的大同世界，那肯定是最終的社會體系，比起目前自治國家的聯邦系統，也更能實現特定的經濟優勢。不過，在此同時，現階段的體系已近乎完美，使我們相當願意將這項計畫交給後代完成。確實有些人認為這計畫永遠不可能實現，因為聯邦計畫不只是對人類社會問題的暫時處理方式，還是最佳的終極解藥。」

「當兩個國家的收支不平衡時，」我問，「你們要怎麼處理？假設我們從法國進口的貨物，比出口量還多。」

「每年年尾，」醫生回答，「每個國家都會檢查帳本，如果法國欠我們債，我們可能也欠了某個欠法國錢的國家錢，其他國家也是同理。在我們的體系下，國際議會清點帳目後留下的結餘金額不應該很高。無論金額大小，議會都要求每隔幾年就必須結清這些款項，如果額度變得太高，也可能要求立刻結清，因為任何國家都不該對別國欠下大筆債務，以免造成不睦。為了避免這點，國際議會會監督國家間交易的貨物，以確保商品品質維持完美。」

「但既然你們沒有錢，要如何結清餘額？」

「用國家的生活必需品。雙方會討論必需品的種類與數量，以用於結清款項。這種基礎合約是貿易關係的第一步。」

「我想問的另一件事，則是移民。」我說。「由於每個國家都有緊密的工業合作關係，也佔據了國內所有生產方式，就算准許移民入境，也會因此挨餓，我猜現代已經沒有移民了。」

「恰巧相反，移民行為確實持續在進行中。我猜你口中的移民，是搬到外國永久居住吧。」里特醫生回應。「透過簡易的國際賠償金安排就可以辦到。比方說，如果某個二十一歲的男子要從英格蘭移民到美國，英格蘭便會損失所有花在培養與教育他上的費用，而美國則免費得到了一個勞工。因此美國得付給英格蘭相應的撫卹金。同樣的原則會套用在所有狀況下，細節則視案件而有所不同。如果這人移民時，年紀正接近勞務役期，那麼接收他的國家就會拿到撫卹金。由於每個國家理應照顧本國公民，因此當智能障礙人士移民時，則必須受到他祖國的完善協助。在這些規範下，任何人的移民權都不受限制。」

「但如果只是觀光或遊覽行程呢？外國人要如何在不接受金錢的國家中旅遊？由於無法在異國獲取生活必需品，遊客是否要自己攜帶日用品？他自己的信用額度自然不能在別國使用，他要怎麼負擔旅費？」

「美國信用卡，」里特醫生回答，「在歐洲和過往的美國黃金一樣有效，使用品質也一樣，意思是，它能轉換為你身處國家所用的貨幣。在柏林的美國人能帶他的信用卡去國際議會位於當地的代表處，並得到德國信用卡的全額或部分額度；相對的額度在國際帳戶上，會由美國支付給德國。」

* * *

「也許魏斯特先生今天想去大象食堂用餐。」當我們離開餐桌時，伊迪絲說道。

「那是我們社區中公共食堂的名字。」她父親解釋。「像我昨晚解釋的，我們不只在公共廚房烹飪，公共食堂的服務與餐點品質也更令人滿意。人們通常都在家裡吃一天中較輕量的兩餐，因為沒必要為了那兩餐出門，但大家通常都會出去吃晚餐。自從你來到我們家後，我們還沒出去吃過，覺得該等你先熟悉我們的生活方式。你覺得呢？今天我們該去食堂吃飯嗎？」

我說我非常想去。

不久後，伊迪絲來找我，微笑著說：

「昨晚，當我在想，在你習慣我們的生活方式前，該如何讓你有在家裡的舒適感時，我想到了一個點子。如果我介紹你一些來自你時代的好人呢？我相信你一定很熟悉他們。」

我相當困惑地回答：那當然很棒，但我看不出她要如何辦到這件事。

「跟我來。」她帶著微笑回答。「看看我有沒有說對。」

諸多令人吃驚的事已經使我加強了不少對驚喜的承受度，但當我隨著她走進之前沒進過的一座房間時，還是感到有些訝異。這是座在牆邊擺滿書架的溫馨小空間。

「你的朋友們在這裡。」伊迪絲說，並指向其中一只書櫃；我的目光則轉向書背上的名字：莎士比亞、米爾頓[15]、華茲渥斯[16]、雪萊[17]、丁尼生[18]、笛福[19]、狄更斯[20]、薩克萊[21]、雨果[22]、霍桑[23]、歐文[24]，和其他來自我時代的偉大作家。我明白她的意思了。她確實履行了承諾，而非直接說出會讓我失望的事實。她引薦了一群自從我在上個世紀讀過後，就和我一樣並未老化的作家。它們的興致高昂，思緒靈敏，笑聲與淚水都有強烈的感染力，就跟它們消磨了不少上個世紀時間的言論一樣。有了這種好同伴，無論過往的生活離我有多少個年頭，我也不再感到孤單。

15 譯注：John Milton，十七世紀英國詩人，著有《失樂園》。
16 譯注：William Wordsworth，十八世紀英國浪漫主義詩人。
17 譯注：Percy Bysshe Shelley，十九世紀英國浪漫主義詩人。
18 譯注：Alfred Tennyson，十九世紀英國詩人。
19 譯注：Daniel Dafoe，十七世紀英國小說家，著有《魯賓遜漂流記》。
20 譯注：Charles Dickens，十九世紀英國小說家，著有《雙城記》。
21 譯注：William Makepeace Thackeray，十九世紀英國小說家，著有《浮華世界》。
22 譯注：Victor Hugo，十九世紀法國小說家，著有《鐘樓怪人》。
23 譯注：Nathaniel Hawthrone，十九世紀美國小說家，著有《紅字》。
24 譯注：Washington Irving，十九世紀美國作家，著有《李伯大夢》。

「你很高興我帶你來。」伊迪絲開心地叫道，因為她在我臉上看到了自己的成功。「這是好主意，對吧，魏斯特先生？我真笨，之前完全沒想到這點！現在呢，我就讓你和老友們獨處吧。我懂，現在他們是你最棒的同伴，但別讓老朋友害你忘了新朋友！」笑著說完後，她就離開了我。

被面前最熟悉的名字吸引後，我把手放在一本狄更斯的書上，並坐下來閱讀。他一直是我最喜歡的現代作家（我是指十九世紀），以前，我每週都會花至少一小時讀他的作品。在目前的情況下，我熟識的任何書本都會給我強烈的印象，但我對狄更斯的額外熟悉度，以及他能喚起我過往生涯的能力，使他的文字對我造成其他人都辦不到的效果：透過書中相反情境的反差，讓我更能體會當下環境的奇異狀況。無論自己周圍有多麼新奇又令人訝異，從一開始想客觀觀察他們，並徹底了解他們異於過往的狀態，到想成為他們一分子的渴望，現在已經消失了。狄更斯的書頁復原了那股已經在我心中淡化的力量，透過書中的觀點，將我拉回過往的生活。現在我能利用之前缺少的清晰角度，同時觀看過去與現在，就如同將反差的圖片並排。

這位十九世紀偉大小說家的天才頭腦，就像古希臘詩人荷馬（Homer）一樣，不受時間的摧殘。但他筆下的悲劇、窮人的慘況、權力濫用與社會體系造成的無邊苦難，都已像荷馬描述的瑟西[25]和海妖、卡律布狄斯[26]和獨眼巨人般完全消失了。

當狄更斯的書在我面前敞開的這一兩小時中，我並沒有讀多少頁。每個段落和每個詞彙，都反映出世界經歷的轉變，也讓我的思緒度過漫長又充滿分支的旅程。在里特醫生的圖書室內思考時，我逐漸對自己在奇異情況下觀察到的驚人景象，有了更清晰一致的想法，也對反覆無常的命運感到訝異，難以相信完全不值得見識這一切，或與這些事無關的自己，居然是同輩之中唯一生活在未來世代的人。我從未預測過這個新世界，也從沒對未來努力過，不像我身邊許多人不顧愚人的輕蔑，或好人的誤解，也依然堅持為此奮鬥。如果這些具有洞察力的辛苦人們能看透自身的困境，並感到滿足，那才更合理。比方說，他預想過上千次目前在我眼中的世界，也不斷在他華麗的餘生中歌頌這種未來。他的歌聲在我心中響起：

25 譯注：Circe，希臘神話中的女巫。
26 譯注：Charybdis，希臘神話中的漩渦形海怪。

我沉入遠在天邊的未來。
看見世界的願景，以及未來的驚喜；
直到戰鼓不再響起，戰旗也被擱置。
人類的議會，與世界聯邦。
大眾將訝異地見證令人不安的世界，
大地將在宇宙法則下陷入沉睡。
我相信，唯有一個信念將會世代傳承，
人類的思維也將逐漸拓展。

不過在垂暮之年時，他短暫地失去了對自身預想的信念。先知們在焦慮與自疑的時刻都經常如此；詩詞則永恆地表現出詩人心中的預想，那便是催生出信念的思維。

數小時後里特醫生來找我時，我還待在圖書室中。「伊迪絲說這是她的點子，」他說，「我也覺得很不錯。我對你會先挑哪個作家感到有些好奇。啊，狄更斯！原來你喜歡他呀！我們現代人也同意你的觀點。就我們的標準來看，他超越了所有他當代的作家。不是因為他擁有最高明的文學天分，而是他對窮人的憐憫，也因為他體會弱勢族群的心聲，並利用自己的文筆揭露社會上的殘忍行徑與虛假謊言。他的時代中，沒有人能像他一樣使大眾注意到老舊體系造成的錯誤與慘況，並讓大眾理解即將到來的重大改變，不過他自己並未預測到這種未來。」

第十四章

當天下了場暴風雨，使我認為，街道上的狀況會讓東道主們放棄出外用餐的想法。不過據我所知，食堂非常近。當小姐們在晚餐時間準備出門時，卻沒帶雨鞋或雨傘，這就讓我相當訝異。

當我們上街時，謎題就此揭曉。街上的常設防水遮罩展開，包覆了人行道，使人行道成為明亮又乾燥的走廊，為了晚餐而打扮得光鮮亮麗的男女們走在上頭。街角邊的開放空間也都有類似的遮罩。和我走在一起的伊迪絲．里特，則相當想知道自己之前完全不清楚的事：我那年代的波士頓街道，一下雨就完全無法通行，人們只能利用雨傘、長靴和厚重的衣物來避雨。「以前不使用人行道遮雨棚嗎？」她問。我解釋道：確實會使用，但方式卻分散又毫無系統，因為遮雨棚是私人用具。她告訴我，現代所有街道都備有抵禦惡劣天氣的措施，等不需要時，就會將遮雨棚捲起來。她暗示道，大家認為讓天氣影響大眾的社交行為，是種極度愚蠢的事。

走在前頭的里特醫生聽到了我們的談話，就轉身說：個人主義時代和團體時代的差異，能明顯透過一點反映出來。十九世紀下雨時，波士頓的人民會盡可能在人們頭上撐起三百把傘，而二十世紀的人，則會在所有人頭頂撐起一把大傘。

當我們走路時，伊迪絲說：「爸爸最喜歡用私人雨傘來譬喻古人只為自己和家人而活的生活方式。藝廊裡有幅十九世紀的圖畫，描繪了一群在雨中的人，每個人都在自己與妻子頭上撐了把傘，讓身旁的人淋雨。他宣稱，這肯定是藝術家用來諷刺當代的手法。」

我們走進了一座有許多人走出的大型建築。遮雨棚使我看不到建築前方，但如果建築外部風格與內部相仿，那肯定非常華麗，比我前天拜訪的商店還來得華美。我的同伴說，入口旁那批雕像特別受到人們景仰。走上大階梯時，我們沿著一條寬闊的長廊走了一點距離，走廊上有許多門。我們打開其中一扇寫了我東道主名字的門，我則發現自己踏入了一間備有四人桌的優雅餐廳。窗口面對一座廣場，廣場中的噴水池正噴出高聳的水柱，音樂則讓氣氛變得十分輕快。

「你們在這裡似乎很自在。」我說。我們一面在桌邊坐下，里特醫生則按了一下告示器。

「這裡其實是我們家的一部分，只是稍微脫離了房屋其他部分。」他回答，「社區中每個家庭都有一處位於這棟建築的房間，只要付一小筆年費，就能永久使用這房間。如果我們想在這裡用餐，就會在前一晚下訂單，並根據報紙上的每日報導，選擇市場上供應的食材。餐點費用隨我們決定，要貴要便宜都行，不過比起在家中準備食物，在這裡用餐價格便宜得多，品質也更好。準備食物是我們的人民最有興趣的事，我也承認，我們對這項服務所得到的成就感到有些驕傲。啊，親愛的魏斯特先生，儘管你文化中的其他層面較為可憐，我覺得沒什麼比你們被迫食用的貧瘠晚餐還要來得令人沮喪。因為，你們所有人都不富有。」

「在這點上，我們不會有人反對你的說法。」我說。

服務生是個英俊的年輕人，他身穿有些特異的制服，並走了出來。我仔細地觀察他，因為這是我第一次能研究工業大軍成員的外觀。從我聽說過的事來看，這名年輕人肯定受過高等教育，也與他服務的對象享有平等的社會權益。但明顯的是，對雙方而言，這情況一點都不令人感到難堪。里特醫生像名紳士一般，用毫不傲慢的語氣對年輕人說話，同時也不卑不亢，而年輕人的態度也相當就事論事，完全沒有卑躬屈膝或諂媚的味道。事實上，那就是值勤士兵的態度，但少了軍事僵硬感。年輕人離開房間後，我說：「我想不透，這樣的年輕人怎麼會滿足於從事低下的工作。」

「『低下』是什麼意思？我從來沒聽過。」伊迪絲說。

「那字現在已經沒有意義了。」她父親說。「如果我沒想錯的話，那是用來形容為他人從事非常不討喜的工作的人，也帶有輕蔑的意義。不是嗎，魏斯特先生？」

「差不多。」我說。「像餐廳服務生這類服務業，在我的時代認為十分低下，也受到輕視。受過高等教育的人得先經歷苦難，才會願意低聲下氣地接受這類工作。」

「真是個古怪的虛偽概念。」里特太太訝異地驚呼。

「但還是有得人提供這種服務。」伊迪絲說。

「當然了。」我回答。「但我們將這種勞務施加在窮人身上，以及不得不做，不然就會捱餓的人。」

「透過輕視他們，你們還增加了他們的負擔。」里特醫生說。

「我不太明白這點。」伊迪絲說。「你是說，你們允許別人為你們做事，卻因此瞧不起他們，還是你們接受了他們的服務，卻不願為別人做同樣的事？你不可能是這個意思吧，魏斯特先生?」

我得告訴她,她說的就是事實。不過,里特醫生來幫我解了圍。

「要了解伊迪絲訝異的原因,」他說,「你得先明白,照現代的道德原則,從他人身上接受自己不願在有需要時回報的服務,就像借錢不還一樣。而透過強制他人進行這類服務,來佔窮人或有需要的人便宜,就如同搶劫般無可饒恕。這是任何將人們區分為不同階級、或允許將人民分級的體系中最糟糕的缺點,同時也會弱化人性。財富分配不均,或是更嚴重的問題:不平等的文化教育機會,將你年代的社會區分為不同階級,也在諸多層面將彼此視為不同種族。不過,我們兩代面對服務問題的角度,並沒有這麼大的差異。你那年代中,受過文化薰陶的男女,不會允許來自同樣社會階級的人,提供自己不願回報的服務,就和我們一樣。但是,他們卻將窮人與缺乏文化教育的人們,視為與自己完全不同的種族。所有現代人享有的平等財富和機會,使我們成為同一階級的公民,正好等同於你的社會中最幸運的階級。直到這種平等狀態出現前,無論是人類的團結或同胞情誼等概念,都不可能成為當今社會的準則與世道。同樣的用語也存在於你的時代,不過當時只是空談。」

「服務生也是自願職務嗎?」

「不。」里特醫生回答。「服務生是工業大軍中的未分類階級，他們會被分配到各種不需要專門技術的職業去。餐廳服務生是這類職業之一，而每個年輕勞工都必須接觸它。四十多年前，我也曾在這棟食堂擔任過幾個月的服務生。記好，國家要求的各種工作之間，並沒有尊嚴上的差別。個人從不會被認為是服務對象的僕人，自己也不會這麼覺得，同時自身生計也並非取決於服務對象，他服務的只有國家。服務生的功能和其他勞工沒有分別，從我們的觀點看來，是否身為服務業並不重要，就算擔任醫生也一樣。不然的話，如果我提供今天這名服務生醫療服務，那他就應該瞧不起我，就如同我在他身為服務生時輕視他一樣。」

晚餐後，我的東道主們帶我參觀這棟建築，精緻的建築結構與華麗的裝潢讓我相當訝異。這似乎不只是食堂，反而像大型俱樂部或社交中心，裡頭備有各種娛樂設施。

「在這裡，」當我表達仰慕之情時，里特醫生說：「你能發現許多我們初次談話時提及的事物。當時你往外望向市區，見識我們公眾生活中的精彩，與居家生活中簡約的差距，就類似二十世紀與十九世紀的差別。為了減少身上無用的負擔，我們在家裡盡可能減少家具，讓環境維持舒適，但我們的社交生活則充滿世上前所未見的奢華。所有工業與職業性公會都有這種規模的俱樂部，也備有供運動與度假休憩用的鄉村、山頂與海濱住宅。」

注記：在十九世紀下半葉，國內有些大學中缺錢的年輕人為了學費，在漫長的暑假擔任旅館餐廳服務生，賺取微薄的金錢。在回應當代認為主動參與這種工作的人絕非紳士的偏見上，這些年輕人因為從事腳踏實地的工作，而受到讚揚。這類論點反映出我當代人士普遍的矛盾想法。餐飲服務不比其他工作來得更不名譽，但在當年的體系下，將尊嚴與勞動連結起來是愚蠢的想法。為了最高價格而販賣勞力，不可能比販賣貨物還來得有尊嚴。兩者都是受商業標準評估的交易性行為。透過為自身提供的服務設定價格，勞工接受適當的價錢，也只能透過自身價格受人評斷。這項條件使最高尚的服務也沾上汙點，也使良善的人們感到憤慨，但無法避免這點，無論個人服務的品質為何，肯定得在市場上向人討價還價。醫生得像其他人一樣販買自身的醫術，神職人員也得販售自己的教誨。得知上帝聖意的先知，卻得為啟蒙他人而討價還價，詩人也得在印刷廠兜售自己的想像。如果有人問我，這時代裡最傑出的福祉是什麼的話，比起我第一次看到城市燈火的畫面，我會說：拒絕為勞動設價，並永遠摧毀市場價格，是最能表現人性尊嚴的舉動。透過要求所有人竭盡全力，就使他們對上天負責，而透過使榮譽成為唯一的成就獎勵，你們便使所有職業獲得了在我的年代只有軍人才懂的驕傲。

第十五章

遊覽途中，我們來到了圖書室；在受到裡頭華麗的皮革座椅吸引後，我們決定在其中一座擺滿書本的壁龕中坐下，休息和聊天一陣子。[27]

「伊迪絲告訴我，你整個早上都待在圖書室裡。」里特太太說。「魏斯特先生，對我來說，你是全世界最令人羨慕的人。」

「我想知道原因。」我回答。

27　我得大力稱讚二十世紀的公共圖書館的自由，比起十九世紀圖書館令人難以忍受的管理制度要好上太多。人們無法順利取得十九世紀的館藏書籍，除非經歷大量時間和繁文縟節，這些過程都是設計來阻止外人對書籍產生任何興趣。

「因為過去一百年裡的書本，對你而言依然嶄新。」她回應道。「你會有很多迷人文學能讀，讓你接下來五年都沒時間用餐了。啊，如果我還沒讀過貝瑞安（Berrian）的小說，我也願意付出一切。」

「還有尼思米斯（Nesmyth）的書，媽媽。」伊迪絲補充道。

「對，或是歐提斯（Oates）的詩，或《過往與現代》（Past and Present）還有《開端》（In the Beginning）——噢，我可以列出十二本書，每本都值得花一整年讀。」里特太太熱情地說。

「我猜，這世紀也出現過不少優異的文學作品。」

「沒錯。」里特醫生說。「這是個前所未見的智慧年代。人類可能從未經歷過規模如此龐大、醞釀時間又這麼短的道德與物質革命，就像舊體系轉換到本世紀初期的時候。當人們了解降臨在身上的福祉有多偉大時，並明瞭自身經歷的轉變，並非只出現在生活條件的細節上，反而代表種族已昇華至充滿無限可能的境界時，他們的內心便會受到強烈刺激，連中世紀後的文藝復興都難以與此比擬。隨之而來的，是充滿機械發明、科學探索、藝術、音樂與文學發展的世紀，這是世上前所未見的時期。」

「對了，」我說，「既然提到文學，現在怎麼出版書本？書本也由國家發行嗎？」

「當然了。」

「但你們要如何辦到這件事？政府會用國庫經費出版任何書籍，或是採用審核制度，並只印刷政府許可的書本？」

「兩者皆非。印刷部門沒有審核權，它必須印出得到的所有書本，但作者必須用自身信用額度支付初版成本。他得付費取得對大眾發聲的權利，如果他有任何值得別人聽的想法，我們認為他也會樂於支付這筆費用。當然，如果收入像古代一樣不平等的話，這條規定就只會使富人成為作家，但既然公民的資源量平等，這種規定便只用於測試作者動機的強烈度。透過節儉和做出部分犧牲，就能在一整年的信用額度中省下一本書的平均成本。書本一經出版，國家就會立刻販售。」

「我猜，作者和我們的時代一樣，會收到版稅吧。」我猜測道。

「自然和你們不同了。」里特醫生回答，「每本書的價格包含了印刷成本與給作者的版稅，作者能自行設定版稅額度。當然，如果設定金額誇張地高，就是自己的損失，因為那本書會賣不出去。這筆版稅會移轉到他的信用額度中，只要人民對他付出的金額足以使他維生，他對國家的其他勞務也會被解除。如果書賣得相當成功，他就會得到長至數月、數年，或兩到三年的假期；如果在此同時，他出版了其他成功作品，勞務減免期便會隨銷售量不斷延伸。受到廣大歡迎的作家，能用自己的文筆度過整段勞務期；而任何作家的寫作能力一旦受到大眾支持，就成了讓自己將時間奉獻給文學的契機。這方面來看，我們體系所引發的結果，和你們的沒有太大差異，但有兩項極大的不同。首先，現代的普及高等教育，使大眾能對文學真正的優點做出判斷；在你的時代，這種事不可能發生。第二，現在沒有任何偏愛心態，能遮蔽真正的文采。每個作家都有同樣天分，能讓作品受到公評。由你時代作家的怨言來看，這種機會上的絕對平等是件珍貴的事。」

「在認可彰顯其他原創天資的領域中，像是音樂、藝術、發明、和設計，」我說，「我猜你們也沿用相同準則。」

「沒錯，」他回答，「不過細節不同。比方說，在藝術與文學上，人們是唯一的判斷者。他們投票決定公共建築中該放哪些雕像和繪畫，而他們的票數能使藝術家免於接下其他勞務，並專心於自身的專業上。在他賣出的作品上，他也能得到和作家在銷售書本上同樣的待遇。這些需要原創天分的職業，追求的都是相同目標——給胸懷大志的人一個自由空間；當獨特天賦被發現時，便透過各種管道使它自由發展。在這些情況下，減免勞務並不代表獎勵，反而代表了更崇高的服務。當然，有許多文學、藝術、科學機構的成員都會出名，並得到極大的獎勵。國內的最高榮譽，便是由人民選出、頒給該世代偉大的作家、藝術家、工程師、醫生和發明家們的紅色緞帶；這份榮譽比總統職位還要崇高，因為總統只需要有良好的思考邏輯，和對責任的奉獻。無論在何時，都只會有特定數量的人配戴紅色緞帶，不過全國的年輕人都會茶不思飯不想地渴望這獎項。我自己就戴過一次。」

「沒了它，媽媽和我一樣尊敬你。」伊迪絲驚呼道。「不過，得獎還是很厲害。」

「親愛的，妳沒有選擇，只能接受妳爸爸的模樣。」里特醫生回答。「但至於妳母親，如果我沒向她保證，自己一定會拿到紅色緞帶，或至少是藍色緞帶的話，她就絕對不可能和我交往。」

對這句狂言，里特太太只露出了一抹微笑。

「那期刊和報紙呢？」我說。「我不否認你們的書本出版體系比起我們的系統而言，在鼓勵真正的文學職業與阻止平庸寫手方面進步許多；但我不懂要如何將這種原則應用到報章雜誌上。讓個人為出版書籍付費是個好想法，因為這種花費並不常發生，但沒人能負擔全年每天都印出一份報紙的費用。我們那時得是私人資本家才有財力這樣做，也經常在賺到利潤前就先破產了。如果你們有報紙的話，我猜，肯定是政府以公費出版，編輯也為政府工作，並反映出政府的意見。如果你們的體系完美到從來沒有可受批評的事項，這樣的安排也許可行。不然的話，我認為缺乏能表達大眾意見的獨立非官方媒體，會產生最糟糕的後果。承認吧，里特醫生，當資本還留在私人手中時，自由的報業確實是舊體系中的良好元素；在你們的其他優點外，依然有這項損失。」

「恐怕我無法讓你開心了。」里特醫生笑著回答。「首先，魏斯特先生，報紙絕非唯一能呈現對公共事務嚴格批判的媒介，以我們的角度來看，也絕非最佳平台。對我們而言，你們的報紙對這類主題的批判，大多粗鄙又浮誇，還充滿了偏見與怨懟。儘管它們看似發表了公共言論，卻為公眾智慧打造了相當負面的形象；儘管它們表達了公眾意見，國家卻不會感到高興。在現代，當公民想就公共議題向大眾嚴肅辯論時，他會寫出一本書或冊子，出版方式和其他書本相同。但這並不是因為我們缺乏報章雜誌，或是因為報紙缺乏絕對自由。報社的結構使它們能比你那時代更有效地傳達公眾意見；當時私人資本控制了報社，並將報社經營成賺取金錢的企業，為人民喉舌被矮化為次要目的。」

「但是，」我說，「如果政府用公費印報，報紙要如何控制政府的政策？如果不是政府，那誰來指派編輯？」

「政府不會負擔印報成本，也不會指派編輯，更不會影響報社政策。」里特博士回答。「買報紙的人會負擔出版成本、選擇編輯，並在對方表現不佳時將他撤換。我想，你應該不會認為這種報社無法自由表達公共意見了。」

「當然不會，」我回應。「但要如何辦到？」

「沒什麼比這更簡單了。假設我有些鄰居認為，我們應該要出版能反映我們意見的報紙，該報紙還得專注於當地新聞、貿易或是職業。我們會徵詢人民的意見，直到我們取得一定人數支持。人數的年費必須能負擔報社成本，成本高低則取決於該地區的大小。訂閱成本由公民的信用額度支付，這樣保證讓國家不會在出版報紙上蒙受損失；你明白，由於這間公司是純粹的出版商，因此不能拒絕必要責任。報紙的訂閱戶會挑選某人作為編輯，如果他接受了這項指派，其餘勞務在他的就職期間則會被免除。他不會像你的時代一樣收到鉅額薪資，報紙訂閱戶會支付一筆額度等同於他勞動成本的賠償金給國家，因為他不能參與公共勞務。他會像你那時代的編輯一樣管理報社，不過他不需遵從會計室的指示，或違背公共利益來迎合私人資本的利益。在第一年的年尾，下一年的訂閱戶不是讓編輯留任，就是找人接替他。有能力的編輯自然能無限期保住自己的職位。當訂閱戶人數增加時，報社的經費也會增加，同時也因為得到更多更好的投稿者而進步，就像你們的報紙一樣。」

「既然投稿人無法獲得金錢，他們要如何得到補償？」

「編輯會與他們討論作品的價格，額度則會從報社的信用保證轉換到他們的個人信用額中，投稿人也會得到符合他工作長度的勞務減免，和其他作家一樣。雜誌也運用了同樣的體系，對新期刊有興趣的人，得找出足夠的訂閱人，讓刊物出版一年，再選出他們的編輯，並得照慣例補貼撰稿人；印刷部門則準備出版用的必要物資。當不再需要編輯的服務時，如果他無法靠其他文學作品換取得到自我時間的權利，便必須回到工業大軍之中。我得補充，儘管編輯普遍只在年底遴選，一般也會就職一年，但如果他突然改變了報紙的風格，訂閱戶便有權隨時解除他的職務。」

「如果我沒搞錯的話，就算某人非常想為了學習或是思考而放鬆，」我說道，「除了你提過的兩種方式外，別無他法逃離社會限制。他必須透過文學、藝術或發明上的創意，來為國家補償他沒執行的勞務，或得找足夠的人來負擔這筆賠償金。」

「肯定的是，」里特醫生回答，「現代沒有身強力壯的人能逃避工作，並依靠別人的辛勞來過活，無論他自稱是學生、或承認自身的懶散性格都一樣。我們的體系同時也夠有彈性，除了企圖統治他人或白白享受他人勞力的層面以外，人性中所有層面都能自由發揮。除了透過補償進行減免外，也能透過放棄來獲得勞務減免。任何三十三歲的人，都已經完成了一半的勞務，此時只要他們接受終生只得到其餘公民一半的生活費，就能從大軍榮譽退伍。確實能靠這種額度生活，不過對方必須放棄生活的優越度與奢華享受，或許還有部分的舒適。」

女士們當晚休息後，伊迪絲拿了本書給我，並說：

「魏斯特先生，如果你今晚睡不著的話，也許你會想讀貝瑞安寫的這篇故事。這被認為是他的傑作，也能讓你了解現代故事的模樣。」

當晚我在房內熬夜閱讀《彭忒西勒亞》（*Penthesilia*），直到東方的天色轉灰，而我也在讀完後才倒下入睡。但第一次閱讀此書時，最讓我訝異的並非書中內容，而是內容沒有提及的部分，請這位二十世紀偉大小說家的仰慕者們別因此生氣。我那時代的作家們會認為，比起構思一本去除了所有來自富裕與貧窮、教育與愚昧、粗鄙與精緻、高等與低級之間的差異，與出自社會性驕傲與野心的所有動機、和致富的欲望與對貧窮的恐懼、加上對自己或其他人的污穢擔憂的小說，憑空變出磚頭還容易多了。這本小說內不只該有豐富的愛，還得是不受被不同地位與財產差異，所營造出的人造屏障阻礙的愛，不受限於其他法則，只受內心宰制。閱讀《彭忒西勒亞》，比向我解釋任何二十世紀的社會概觀，還要更能讓我理解當代的社會環境。里特醫生告訴我的資訊確實相當廣泛，但在我心中，卻還無法統整這些五花八門的資訊。不過貝瑞安已為我描繪出了完整的印象。

第十六章

隔天早上，我在早餐時間前起床。當我走下樓梯時，伊迪絲從我們在幾個章節前進行晨間討論的房間走入大廳。

「啊！」她驚呼道，一面流露出迷人的調皮神情。「你想偷溜出去，像之前一樣晨間散步吧？那幾趟行程對你可真有好處。不過，這次我比你早起了，被抓到了吧。」

「如果妳以為這種散步還會有負面後果的話，」我說。「妳就低估了自己的助力。」

「我很高興明白這點。」她說。「當你下樓時，我正在餐桌上擺花；我以為你的腳步聲聽起來有些鬼鬼祟祟。」

「妳誤會我了。」我回答。「我完全不打算出門。」

儘管她企圖表現得彷彿是意外攔截到我，我當下卻有些懷疑，也在日後證實這位可愛的女孩，在自認為是我的保護者後，為了盡責，前所未見地在前兩三天早起，打算確保我不會獨自偷溜出門，以免我像之前一樣失控。在她同意讓我幫忙擺設餐桌上的花束後，我便跟著她，走進她剛剛離開的房間。

「你確定，」她問，「自己已經不會再感受到那天早上的可怕情緒了嗎？」

「我不能保證自己不再有怪異的感受了，」我回答，「有時我的個人身分似乎還像個開放式問題。在之前的經驗後，我就不再妄想自己不會再有這種感覺；但我猜那天早上的失態狀況已經不會再發生了。」

「我永遠忘不掉你那天早上的模樣。」她說。

「如果妳只是救了我的命，」我繼續說，「我也許能找出表示謝意的話語；但妳挽救的是我的理性，因此我無法用言語形容自己欠妳的恩情。」我帶著豐沛的情感開口，她的雙眼則突然浮現迷濛的淚光。

「太難相信這一切了。」她說，「但聽到你這樣說，讓我很高興。我沒做多少事。我知道，自己為你感到非常難過。當一切都能被科學解釋時，爸爸就認為沒有事能讓我們感到訝異，我想，就像你的長眠事件；但光是想像自己經歷你的生活，就讓我頭暈目眩。我明白自己根本無法忍受這種情況。」

「那取決於，」我回應，「是否有位天使帶著同情來關懷你的困境，就像我遇到的天使一樣。」如果我的臉流露出一丁點對這名甜美又可愛的年輕女孩所懷抱的感覺，看起來肯定是充滿崇拜；因為對我而言，她宛如天使。我的神情或話語——也許兩者皆有——讓她臉上染上一抹迷人的紅暈，並使她垂下目光。

「再說，」我說，「如果妳沒經歷過我這種奇妙經驗，看到一個屬於奇異時代的上百歲男人死而復生，肯定令人十分吃驚。」

「剛開始確實無比怪異。」她說，「但當我們開始用你的立場思考，並了解你一定覺得現代有多陌生後，我想我們就忘卻了自己的感受，至少我是這樣。當時感覺起來，並不比我聽說過的事有趣或令人訝異。」

「但在知道我的身分後，和我同桌不會很怪嗎？」

「你得記好，你對我們而言，絕對不如我們在你眼中那樣特異。」她回答。「我們屬於你無法理解的未來；直到你見到我們之前，對當下的世代一無所知。但你來自我們祖先的世代，我們了解那段時代，對當年許多人的姓名也都琅琅上口。我們研究過你們的生活與思考方式；你的言行完全不會讓我們感到訝異，而我們的一切舉止卻讓你覺得陌生。魏斯特先生，如果你覺得自己遲早能習慣我們，就別對我們一開始便不認為你奇怪而感到詫異。」

「我沒這樣想過。」我回應。「妳說中了不少事。往回看過去一千年的歷史，比往前看未來五十年容易。回溯起來，一世紀並不算長。我可能還聽說過你們的曾祖父母。也許我真的認識他們。他們住在波士頓嗎？」

「我想沒錯。」

「妳不確定嗎？」

「確定。」她回答。「現在想想，他們當年確實住在這裡。」

「我在城裡有很多熟人。」我說。「我有可能聽過或認識他們。也許我們都是舊識。如果我能把你們曾祖父的故事告訴你們，不是很有趣嗎？」

「的確很有趣。」

「妳對家譜熟悉到可以告訴我，住在波士頓的祖先是誰嗎？」

「噢，可以。」

「或許哪天妳可以把他們的名字告訴我。」

她正忙著擺設一顆麻煩的植物，因此沒有立刻回答。樓梯上傳來的腳步聲，代表其他家人正在接近中。

「也許之後吧。」她說。

吃完早餐後，里特醫生提議帶我去中央倉庫，觀察伊迪絲向我描述過的機械分配實際作業狀況。當我們離開房屋時，我說：「我已經在你家住了好幾天，這種狀況相當奇特，又或許一點都不奇怪。之前我沒提過自己的立場，因為有太多更奇異的事件了。但既然我開始覺得穩定點了，也了解無論我是如何來到此地的，我都只能待在這裡，也必須適應這點。我得和你談這件事。」

「關於你在我家作客這點，」里特醫生回答，「希望你不要感到不適，因為我希望你還能住很長一段期間。儘管你十分謙遜，但你也能了解，像你這樣的客人相當寶貴。」

「謝謝，醫生。」我說。「要不是因為你，我就得在墳墓中待到世界末日；而對你的好意感到過度敏感的話，自然相當愚蠢。但如果我得成為這時代的居民，我就得建立自己的立足點。在我的時代中，當有人踏進這社會時，無論他透過哪種途徑，都不會在大批人民中受到注意；如果他夠堅強的話，也能在任何地點落地生根。但在現代，每個人在體系中都擁有獨特的地位與職務。我身處體系之外，也不知道該如何融入；除了出生在本地，或從別的體系以移民身分搬來外，似乎沒有其他辦法能讓我加入。」

里特先生開心地笑出聲來。

「我承認，」他說，「我們的體系缺乏應付你這種案例的能力，除了一般方式外，沒人預料到會有人用別的方式進入社會。不過，你不需要擔心我們無法為你找到住處和工作。你最近才認識我的家人，但別以為我把你當成祕密。相反的是，在你復甦前，你的事件早已在國內激起廣泛的興趣，後來的聲浪還變得更高漲。由於你不穩定的精神狀況，大眾認為我應該先負責照料你，並在你認識其餘人民前，先透過我和我的家人，大略了解自己重返的世界。至於你在社會中的職業，卻的確有肯定的答案。我們都認為，當你能離開我的照料時，沒人能比你更能為國家提供一份助力；不過，還不到你動身的時機。」

「我能做什麼？」我問。「也許你以為我有些專業，或是特殊技術。我可以保證，我一無所長。這輩子我從未賺過一毛錢，也沒做過任何工作。我很強壯，也許能當普通勞工，但也僅此而已。」

「如果那是你能對國家所作出最有效的貢獻，你也會發現這份工作同樣受人敬重。」里特醫生回答。「但你能做得更好。你是所有歷史學家中的翹楚，能回答關於十九世紀下半葉社會狀況的所有問題；那對我們而言是歷史上最有趣的時期之一。等你習慣我們的體制後，也願意教導我們關於你時代的事物時，就會發現我們其中一間大學裡，有個歷史教職正等著你。」

「非常好！太好了。」我說，原本開始憂心此問題的我，因為這踏實的建議而立刻感到寬心。「如果你的人民對十九世紀這麼感興趣，那我確實適合那工作。我不認為自己能靠別種方式維生，但我肯定有專長能符合你剛剛說的職務。」

第十七章

我發現倉庫的工作進程和伊迪絲描述的一樣有趣，並對當地的優良範例感到相當佩服；完美的組織確實能給勞動帶來驚人效率。它像座巨大的磨坊，貨物則不斷被火車與船隻載來，並倒入漏斗中，再由另一端以英鎊或盎司、碼與英吋、品脫與加侖等單位分別包裝起來，以呼應五十萬人民的複雜個人需求。在我說明我那年代商品的販售方式後，里特醫生明白了現代系統在經濟上造成了哪些驚人成效。

當我們走回家時，我說：「在看過今天的景象，加上你告訴過我的事，以及在樣品店聽過里特小姐講解之後，我對你們的分配系統就有了清楚概念，也理解這系統如何使你們免除了通用貨幣。但我很想對你們的生產系統有更進一步了解。你向我大略提過工業大軍的徵募與組織方式，但誰主導這一切？有哪種高級在位者能決定每個部門的責任，妥善生產所有物資，並且不浪費人力？對我來說，這肯定是相當複雜繁瑣的工作，也需要不尋常的天賦。」

「你這麼想嗎？」里特醫生回答。「我向你保證，事實並非如此，反而相當簡單，並取決於明確又易於應用的原則；只要由能力良好的人擔任華盛頓負責此事的公務員，就能使全國滿意。他們掌控的國家機器確實是台龐大器具，但核心法則相當有邏輯，運作方式也直接又簡易，使它能夠自行運轉；只有愚人才會打亂這股體系。我相信在聽過解釋後，你就會明白了。既然你已經對分配系統有恰當程度的理解，就讓我們從這點開始談。即使在你的時代中，統計學者也能告訴你，國家每年消耗了幾碼棉花、絲絨、羊毛與幾桶麵粉、馬鈴薯、奶油和幾雙鞋、帽子和雨傘。由於生產狀況被私人勢力控制，也無法得到分配狀況上的真實資料，使這些數據不完全準確，但也接近事實。現在連每根從國立倉庫運出的別針都會記錄了；分配部門在每個星期、月或年份裡的物品消耗量，在該時期結束時的數值都相當精準。這些數值會因某些影響需求的因素而增加或減少，隔年的需求估算便以此為基準。加上恰當的安全備用量後，就會被行政部門接受；而當貨物被送到行政部門時，分配部門的責任才會結束。我剛提過估算數值在前一年就會算出，但在現實中，提早計算只是為了讓主要產品能精準滿足大量需求。在產品的流行度受到大眾品味宰制的大多數小型工業中，經常需要創新的發明，而生產速度也只勉強比消耗速度快了一點，因此分配部門會根據每週的需求變化，不斷提出新估算。

現代所有生產業與製造業都被分為十個大型部門，每個都代表一群聯合工業，而每個工業也有各自的代表從屬局處，局處則存有工廠與廠區技術、目前產品，與該產品量產方式的完整紀錄。當分配部門的估算結果受行政部門採用後，就會成為規範，並送到十個大型部門去，接著再配置到代表個別工業的從屬局處，各局處再派人進行工作。每個局處都得負責處理交辦的任務，這項責任會受到部門與行政機關監督；分配部門也不接受沒有受到該部門審核的產品。即使物品是到顧客手上才被發現有瑕疵，系統也能追究到原本的製造人身上。生產大眾消耗品的過程，自然不需要國內所有勞動力。在各工業得知必要的人力數目後，留給其他職業的剩餘勞動力便會導向創造固定資本，像是建築、機器、工程類等工作上。」

「我想到一點，」我說，「我猜應該會有人對此感到不滿。既然私人企業不可能出現，必需物品需求量較小的弱勢族群，要怎麼確保自己的需求能得到滿足？只因為大眾不喜歡，官方政策就隨時可能使他們無法滿足某種特定需求。」

「那的確是暴政。」里特醫生回答。「放心吧，我國不會發生這種事；對我們而言，自由與平等或同胞情誼一樣重要。等你更了解我們的體系後，就會明白我們的官員是確確實實的人民公僕，絕非只是名義上的稱呼。只要需求存在，政府就無權阻止生產任何產品。假設某物品的需求，降低到使生產成本變得非常昂貴，售價自然得提高，但只要有消費者願意付費，該商品就會繼續生產。再來，假設有某個產品，在製造前就有了需求，如果政府懷疑這種需求的真實性，只要能證明有一定消費量基礎的公眾請願，便會強制政府生產該商品。如果政府或大眾，告訴人民或弱勢族群該吃什麼、該喝什麼和該穿什麼，就會被認為是不合時宜的過時行為；我相信你那時代的美國政府便這樣做過。你們可能有理由，得忍耐這類針對個人獨立性的破壞行為，但我們絕不容忍這種事。我很高興你提起這點，給了我機會向你解釋現代公民對生產流程的控制，比起你的時代要來地直接又有效得多。當時你們口中的私人動機佔有優勢，不過它應該被稱為資本家動機，因為一般人民難以從中獲利。」

「你提到抬高高成本商品的價格。」我說。「當賣家和買家之間沒有競爭時，要如何在國內調整物價？」

「和你們的做法相同。」里特醫生回答。「你認為這需要解釋。」由於我看起來一臉不敢置信，於是他補充道。「但不需解釋太多。在你的時代，生產上的勞動成本被認為是商品售價的合法基礎，這點在現代也如出一轍。在你的時代中，薪資不同造就了勞動成本的差異；在現代，則取決於不同業界單日工作中的相對時數。在所有狀況中，勞工的工作都是平等的，因此為了吸引自願者加入艱困的職業，一天的工作時數必須固定為四小時；在這種狀況下，個人的勞動成本就比工作八小時的人來得高兩倍。這對勞動成本造成的結果，就和在你們的體系下，工作四小時的勞工得到比他人高上兩倍的薪資一樣。產品在不同製造過程中所使用的勞力，都會運用到這種計算方式，並得出對應於其他商品的價格。除了生產與運輸成本外，稀少度也會影響部分商品的價格。至於總會有固定數量的重要生活必需品，則不會有稀少度的問題。倉庫總會有大量存貨，以便處理任何需求或供應量的變化，就算是農產量最低的情況也能應付。重要產品的價格每年都會降低，但鮮少升高。不過，有些特定物品永遠無法滿足需求，有些則會暫時如此。比方說，鮮魚和乳製品屬於後者，需要高端技術與稀有原料的產品則是前者。這些措施都是為了使稀少度帶來的不便變得平等化。做法是在物資缺乏之狀況偶爾發生時，暫時提高物價，或是在需求量永久不變之下，將價格大幅調高。你那時代的高價，代表商品對富人的影響；但在現代，當每個人的生活條件都平等時，受影響的就只有購買該商品的人，因為他們最想要該物品。和其他滿足大眾需求的供應方相同的是，國家經常會因為品味改變、不合季節的天氣和其他種種原因，而擁有小批貨物。政府得透過犧牲來處理掉這些貨物，就像你那時代的商人一樣，把損失歸類到商業成本上。不過，由於有大批消費者能同時處理掉這些產品，這通常不會太難，也只有些微損失。我已經說明了我們的生產與分配體系的概略結構，和你預期的一樣複雜嗎？」

我承認這再簡單不過了。

「我相信，」里特醫生說，「你那時代眾多私人企業的老闆，比起當今在華盛頓指揮全國工業方向的那群人，要處理更加艱困的問題；他們得不眠不休地監控市場變化、競爭對手的計畫與債務人的失敗。我親愛的朋友，這只彰顯出用正確的方式做事，比錯誤的方式要容易得多。讓將軍搭氣球升空，讓他完美地鳥瞰戰場，並調度上百萬人贏得勝利，要比讓中士在草叢裡指揮師團要來得容易多了。」

「這支大軍的將軍，也身為國內最頂尖的菁英份子，肯定得是國內站在最前線的人，比美國總統還偉大。」我說。

「他就是美國總統，」里特醫生回應，「或者說，總統職位最重要的功能，就是統御工業大軍。」

「要怎麼選出總統？」我問。

「我之前解釋過，」里特醫生回答，「當時我在講解工業大軍各階級中的競爭動機：有功人士得升級過三個位階，才能晉級到軍官階級，接著從中尉晉升到上尉或領班，接著是主管或中校階級。接下來，在某些大規模的行業中會有介於中間的分級，也就是公會將軍，他掌控了該行業所有下游業務。這名幹部是代表他業界的國家局處主管，也得對政府負起該業界的責任。公會將軍擁有極高的地位，也能滿足大多數人的野心，但比他更高的階級——用你熟悉的軍事官階來表示的話——便是師團將軍或少將，這些人是十大部門的總長，也能稱這些部門是同業組織。工業大軍中十大部門的總長，就像是你們的軍團指揮官或中將；每位總長麾下都有十二到二十名不同公會的將軍。在這十名組成議會的總長之上，便是總司令，也就是美國總統。

從普通勞工開始，工業大軍的總司令必須經歷過底下的各種階級，讓我們來看看他是如何晉升的。我向你提過，勞工得透過良好紀錄才能從二等兵階級升遷，並成為中尉候選人。透過上司的指派，他能從中尉升級到中校或主管的階級；這種升遷只限於擁有最佳紀錄的候選人。公會將軍能指派他底下各層級人員，但他自己並非接受指派上任，而是透過投票來遴選。」

「選舉制度！」我驚呼道。「誘使候選人要求手下的勞工支持自己，不就損害了公會的原則嗎？」

「如果員工有任何投票權，」里特醫生回應，「或對選舉結果表達意見的話，自然會造成損害，但他們毫無這些權力，這是我國體系的特異之處。公會將軍由公會的榮譽成員們，從主管中投票選出；也就是說，遴選對象是曾加入公會，並已退伍的人。你知道，我們在四十五歲時離開工業大軍，下半輩子都能自由追求我們自身的進步或娛樂。不過，我們活躍生涯中的關係自然對我們還有強烈影響，我們在當時建立的夥伴情誼，成了終生的情分。我們都繼續擔任前公會的榮譽成員，也相當關注公會福祉，與組織在下一代手中的名聲。我們經常在好幾個公會榮譽成員經營的俱樂部中舉辦社交聚會，也沒有別的談話主題比這些事還常被提起；對企圖登上公會領袖地位的年輕人而言，能通過我們這些老傢伙考驗的人，就代表準備充足了。了解這件事後，國家便讓每個公會的榮譽成員選出將軍，我也敢說，之前從來沒有社會模式能發展出如此適合這種職務的投票人。他們擁有完全的公正度、了解候選人的特殊資質與紀錄、對最佳結果的關心，並且毫無自我利益關係。

每位中將與部門總長，都是從組成部門公會裡的將軍中選出，並由相對應的公會榮譽成員投票遴選。每個公會當然會傾向投給自己的將軍，但沒有任何公會能提供足夠票數使大多人不同意的對象勝選。我保證，這些選舉的狀況非常熱鬧。」

「我想，總統是由這十名大型部門的總長中選出的吧。」我猜測道。

「沒錯，但直到部門總長達到特定任職年數前無法參選。很少有人在四十歲前就一路升級到該部門的主管階級，而在五年任期後，通常也已經四十五歲了。一方面他可能繼續任職，另一方面，他也可能在任期結束後離開工業大軍，不可能恢復他原本的軍階。成為候選人前的間歇期，是設立來給予他時間，讓對方徹底明白自己已回到了國內大眾之中，也得認同大眾，而非工業大軍。再者，他得在這段期間內鑽研大軍的整體狀況，而非只專注在他曾帶領的特定公會上。國內所有與工業大軍無關的人民，會從當下有資格的前任部門總長之中選出總統。」

「軍隊不能投票選總統嗎？」

「當然不行。那對大軍的準則有嚴重牴觸，而作為國家代表，總統有責任維護這項準則。他在這件事上的左右手是督察局（inspectorate），那是我國體系中相當重要的部門。督察局會收到關於商品瑕疵、官員的無禮或無能態度，或是任何公共服務失職狀況的相關投訴或資訊。不過，督察局不會乾等投訴上門，它不只對大眾服務的各種謠傳疏失保持警戒，它的責任也包括有系統與持續地督導軍隊中的各支部，在別人發現問題前，先行將之找出。總統當選時的年紀通常將近五十歲，並就職五年，在四十五歲的退休年齡上多了一段充滿榮譽感的額外工作期。卸任時，國會會接收他的報告，並予以核准或阻絕。如果受到核准，國會通常會挑選他在國際議會中再代表我國五年。我也應該提到，國會也會交出關於即將離職的部門總長們的報告，其中的反對意見能使任何總長失去競選總統的資格。但國家鮮少對高級官員們有感激以外的其他情感。至於他們的能力，在通過如此繁瑣又複雜的考試才達到目前的階級後，已足以證明他們的傑出能力；至於忠誠度，我國的社會體系則使他們除了贏得同胞的敬重外，別無其餘動機。當社會缺乏能收受賄賂的貧困情況，與用於賄賂的錢財時，貪腐事件就不可能發生；至於企圖讓自己當選的煽動行為或陰謀，則被升遷條件阻絕了。」

「有一點我不太明白。」我說。「自由性職業的民眾也能參選總統嗎？如果可以的話，他們與有工業專業的人之間的階級是什麼？」

「他們之間沒有階級。」里特醫生回答。「技術專業人士，像是工程師或建築師，在建築公會內就有階級；但自由性職業人士，比如說醫生和老師，以及得到勞務減免的藝術家與作家，就不屬於工業大軍。他們能以此立場投票給總統，但無法參加競選。由於總統的其中一項主要責任，便是控制與管轄工業大軍，總統便必須通過大軍中的所有層級，以了解自身的職責。」

「很合理，」我說，「但如果醫生和老師們因為不夠了解工業，而無法擔任總統，那我想總統也不可能對醫學與教育有足夠的了解，能讓他控制那些部門。」

「他自然不懂。」醫生回應。「除了得在大方向上負責對所有部門施加法律管制外，總統和醫學與教育部門毫無關聯；這兩個組織由各自的部長委員會控制，而總統只是職務上的主席，也能投下決定票。這些部長自然得對國會負責，也會由教育與醫學相關部門的榮譽成員選出；榮譽成員則由國內的退休教師與醫師組成。」

「你知道，」我說，「透過公會退休成員投票選出官員的方式，相當類似利用全國校友選出管理者的方式；我們有時在高等教育機構中，也會採取雷同的方案。」

「真的嗎？」里特醫生興高采烈地叫道。「這對我可是新聞，我猜對大多數現代人來說也是，肯定會激起眾人的興趣。早已有許多人討論過這構想的起源，我們也覺得終於有新發現了。太好了！原來是你們的高等教育機構！真有趣。你得多解釋一點。」

「不過，我已經說完一切了。」我回答。「如果我們曾開創你們體系的起源，也就僅止於開頭而已。」

第十八章

當晚女士們就寢後，我和里特醫生花了點時間，熬夜談論讓四十五歲之後的人免除勞役的計畫效果，這點出自他對退休公民在政府內扮演的角色所做的說明。

「四十五歲時，」我說，「一個人還能進行十年的勞動，以及二十年的良好智力工作。在那年紀退休，並退下工作崗位，對充滿活力的人來說肯定是場災難，而非福利。」

「親愛的魏斯特先生，」里特醫生驚呼道，並抬頭對我微笑。「你無法明白自己的十九世紀想法對當今的我們來說有多特別；那可充滿了復古情懷。來自他族的同胞呀，了解這點：我們為了讓全國獲得舒適生活所付出的勞力，絕不被認為是最重要、最有趣，或對自身能力最有尊嚴的應用方式。我們認為退伍是必要的責任，之後才能專注於讓自身能力更為精進的事，也就是智力與靈性上的喜悅與追求，這一切都代表了生命。透過公平的分享負擔，以及能解放勞動所帶來各種煩悶的特殊誘因，一切就都能順利進行。不過，除非在比較狀況下，否則通常勞動並不令人厭煩，反而相當振奮人心。但被認為是存在感核心的並非勞動，而是工作表現使我們踏入的高等活動。

當然，不是所有人或大眾都擁有科學、藝術、文學或學術性的興趣，這些興趣使人們只在乎閒暇時光。許多人將自己的下半生視為享受不同事物的時期，可以用在旅行，或是和老友們閒話家常上。那是用來培養各種私人嗜好和特殊品味，以及各種娛樂方式的時間。簡而言之，這段時間令人放鬆，還能不受打擾地享受自己幫忙打造的美好事物。但無論個人品味差異為何，或如何享受生活，我們都期待退伍的那一天。那是我們首次享受自身天賦權利的時刻，也是我們真正達到自我目標的時期，透過紀律與控制來獲得自由，並掌握自己的人生。就像你們那時代的男孩會期待年滿二十一歲一樣，現代人則憧憬四十五歲。我們在二十一歲成為男人，但四十五歲時我們則重返青春。中年與你們口中的老年被認為是令人稱羨的年紀，而非年輕時期。多虧現代較為良好的生活條件，加上所有人都毫無憂慮，年邁時期在多年後才會出現，狀況也比過去更為和緩。一般人平均能活到八十五到九十歲；我想，我們四十五歲時的心理與生理狀況，都比你們在三十五歲時還來得年輕。真奇怪，四十五歲時，當我們剛邁入人生最享受的階段，你們卻已經想到老邁時期，還想回朔過往。對你們而言，那階段是上午，我們則認為那是午後，是人生最明亮的另一半。」

在這之後，我記得我們的談話內容轉入當代的流行運動與娛樂，並比較起十九世紀的娛樂。「在某一點上，」里特醫生說，「確實有顯著的不同。我們沒有職業運動員，那是你那時代的特殊職業；我們的運動員不為獎金競爭，這點也與你們不同。我們的選手永遠只為榮耀而參賽，不同公會之間的良性競爭關係，與每位勞工對自身的忠誠，為海上或陸上的各種運動賽事提供了持續的誘因，使年輕人和完成勞役的榮譽公會成員都有興趣參加。公會遊艇賽下週在馬爾布黑德（Marblehead）舉辦，到時你就能自己判斷現代人對賽事的熱情，和你那時代的觀眾有什麼差別。羅馬民眾偏好的『麵包和馬戲』[28]，在現代被認為是合理的政策。如果麵包是生命的必需品，娛樂便是其次，而國家則供應這兩者。不幸的是，十九世紀的美國人無法滿足這兩項需求。即使那時代的人享受過更美好的愉悅時光，我猜他們卻經常不知該如何妥善地度過那段時間。我們從未陷入那種處境過。」

28 譯注：panem et circenses，形容民眾對政府的認同感，來自政府用於暫時轉移大眾注意力的愚民政策，而非當權者的實際作為。

第十九章

某天一大清早，我拜訪了查爾斯頓（Charlestown）。由於已過了一世紀，在該區域數量多到難以一一指出的變化中，我特別注意到舊州立監獄的消失。

「那是我出生前發生的事，但我聽說過。」當我在吃早餐時提及這件事時，里特醫生說。「現在我們沒有監獄了。所有隔代遺傳病例都會在醫院中接受治療。」

「隔代遺傳！」我瞪大眼睛驚呼道。

「沒錯。」里特醫生回答。「對這些不幸的人施以懲處的概念，至少五十年前就已經捨棄了。」

「我不太明白。」我說。「在我的時代，隔代遺傳這辭彙是用在祖先的特徵以明顯方式在某人身上出現時。難道在現代，犯罪已經被認為是返祖的症狀嗎？」「不好意思。」里特醫生帶著有些幽默，又有些自嘲的笑容說。「但既然你提出這問題，我得說就是那樣沒錯。」

明白十九世紀與二十世紀的道德差異後，如果我再對這話題感到過度敏感，就太愚蠢了；而如果里特醫生沒用充滿歉意的語氣說話，里特太太與伊迪絲也沒流露出相對的難堪神色，我也不該像現在一樣臉紅。

「我不太對自己的世代感到驕傲，」我說，「但是——」

「現在就是你的世代，魏斯特先生。」伊迪絲打岔道。「你懂的，這是你生活的時代，也是因為我們活在當下，才稱呼現在是我們的時代。」

「謝謝妳。我會試著這樣想。」我說，而當我的目光和她交會時，她的眼神便治癒了我的多慮。「畢竟，」我笑著說，「我是喀爾文主義者[29]，也不該一聽到犯罪被當成祖先流傳下來的特徵，就感到吃驚。」

「事實上，」里特醫生說，「使用這辭彙時，我們並不是在說你的世代——對伊迪絲不好意思，但我們先稱當時為你的世代，這樣聽起來彷彿我們認為除了自己的處境外，自己比你們優秀。你的時代中有百分之九十五的事件，會用『犯罪』這個字眼來代表所有肇因於個人性格的不良行為；窮人受需求所誘惑，而對更多利益的欲求，或保有之前獲益的企圖，則誘惑了富人。無論是間接或直接的金錢誘惑——當時代表了非常好的誘因——正是萬惡之源，就像龐大毒樹的深根，而法律、法庭和警方都難以避免這株毒根絞殺你們的文明。我們將國家變為人民財富的託付者，並保證讓所有人得到同樣的富足狀態，另一方面又得毀掉需求，還得監督財富累積量；因此我們切斷樹根，使荼毒你們社會的毒樹像約拿的葫藤[30]一樣，在一天內枯萎。至於程度相對微小、且完全與獲益想法無關的暴力犯罪，即使在你的時代裡，幾乎也完全只被無知又野蠻的人所犯；而在近代，當教育與家教並非少數人的專利，而是所有人共享的權利時，這種暴行已經鮮少發生了。你現在可以了解，為何『隔代遺傳』會被用在犯罪上了。這是因為所有你們已知的犯罪，到現代都已經沒有動機了；而當犯罪發生時，就只能解釋為返祖現象。你們以前稱沒有理性動機的竊賊為偷竊狂，而結案時則認為將他們視為竊賊定罪非常愚蠢。你們對待真正偷竊狂的態度，就和我們處理隔代遺傳病人一樣，充滿憐憫但卻溫和地堅定。」

29 譯注：Calvinist，十六世紀宗教改革家約翰．喀爾文所創立的基督新教之一。
30 譯注：Jonah's gourd，聖經中上帝以遭蟲蛀蝕的葫藤礁島約拿失去不重要事物的道理。

「你們的法庭肯定很輕鬆。」我判斷道。「沒有私人財產要處理，人民不會在商業關係上起爭執，也不用瓜分不動產或討債，它們一定不用處理民事問題；由於沒有財產罪，也很少人會犯罪，我想你們大概完全不需要法官和律師了。」

「我們確實不需要律師。」里特醫生回答。「當只有真相對國家有益時，如果參與審判的人有明確動機來誤導案件，便會讓我們感到相當不合理。」

「但有誰會幫被告辯護？」

「如果他是罪犯，就不需要辯護，因為在大多數狀況下，被告都會坦承犯行。」里特醫生回應。「和你的時代不同，被告的言論對我們來說不只是例行公事而已。通常這會使案件終結。」

「你不會是說，自稱無罪的人會立刻被釋放吧？」

「不，那不是我的意思。被告不會輕易受到控訴，而如果他否認罪行，還是得受審。但很少舉行審判，因為大多數情形下，被告都會坦承罪行。當他說謊並被證明有罪時，處分就會加倍。不過，謊言對我們來說相當可恥，因此很少有犯人會做這種事。」

「在你告訴我的事情中，這件事最讓我感到訝異。」我驚呼道。「如果撒謊過時了，這裡肯定就是先知提過的『正直之人居住的新天地』。」

「其實，現代有些人確實這麼想。」醫生說。「他們認為我們已進入了千禧年，而從他們這種觀點延伸出的理論，並不缺乏可信度。但你其實不需在發現世人不再撒謊時感到訝異。即使在你的時代，謊言也不常在擁有同種社會階級的紳士與女士間出現。出自畏懼的謊言是懦夫的避風港，用於詐欺的謊言則是騙子的工具。在當時，人們的不平等與佔有慾持續造就了撒謊的誘因。但即使是當時，不害怕或不想欺騙他人的人，也瞧不起謊言。由於現在我們的社會地位都平等，沒人需要害怕他人、或透過欺騙得到利益，對謊言的歧視普遍到即使是罪犯也很少撒謊，我剛剛也提過這點。不過，當法院收到無罪辯駁時，法官會指派兩名同僚來為該案做正反辯論。這些人與你們能造成無罪開釋或定罪的辯護律師與檢察官的差別，在於除非雙方都同意判決正確，案件才會結束；兩名法官的語氣中如果出現偏見，便會引發驚人醜聞。」

「所以，」我說，「為正反雙方辯解和聽審的人都是法官嗎？」

「沒錯。法官輪流坐上法官席和律師席，也得在闡明案情或宣判時維持法官的中立性。目前的體系要求三名法官在判案時採取不同觀點。當他們在案件上取得共識時，我們就相信判決結果已盡可能地接近真相了。」

「那你們捨棄了陪審團系統嗎？」

「在雇用辯護人的年代裡，陪審團是良好的糾正方，有時卻也是貪污的一方，任期長度也耗費大量資源，但現在不需要陪審團了。除了正義以外，沒有其他誘因能動搖我們的法官。」

「怎麼選出法官呢？」

「在使所有人於四十五歲退伍的法令下，法官是榮譽性的特例。總統每年都會從靠近該年齡的階級中指派必要的法官，指派人數自然相當少，榮譽也高到使法官職位抵銷了之後的剩餘勞役；儘管法官能拒絕接受指派，這情況卻很少發生。任期是五年，也不能續任。守護憲法的高等法院成員，則由低階法官中選出。當高等法院中出現空席，該年任期結束的低階法官最後的正式行動，就是從在位的同僚中挑選出高等法院成員的適任者。」

「既然沒有專為培育法官所開設的學校，」我說，「他們肯定得從法學院直接躍升到法官的位階。」

「我們沒有法學院。」醫生笑著回答。「法律已不再被視為特殊科學。那是種詭辯式的系統，而舊社會體系中的特殊人為因素則強烈要求檢視這點，但只有少部分最單純的基本法律準則，能應用在真實世界。比起你的年代，現在每種與人際關係有關的事物都無比簡單。我們不需要在你們法庭中叫囂爭執的法律專家們。不過，千萬別認為因為我們不需要這些古代人才，就會對他們懷有不敬，恰好相反，對唯一了解並能闡述你們體制中高度複雜的財產權、商業關係和人際依賴的人士們，我們抱持著再真實不過的尊敬。當為了提供能對命運受法規宰制的人們些許啟發的專家，而必須從每個世代的菁英中選出佼佼者時，有什麼比這點還更能凸顯舊體系中的複雜度與不自然程度呢？我們的博物館中保存著你們那些大律師的著作，包括布萊克斯通[31]、奇帝[32]、史多瑞（Story）、和帕森斯（Parsons）的論文，都和鄧斯·司各特[33]與其同僚們的典籍擺在一起；這些作品的主題表達出與現代人興趣大相徑庭的智慧份子思考方向。我們的法官只是閱歷更廣、性格公正無私又慎重的壯年男子們。」

「我還得多提低階法官的一項重要功能。」里特醫生補充道。「這是用來裁定工業大軍裡

31 譯注：William Blackstone，英國十八世紀法學家。
32 譯注：Joseph Chitty，英國十八世紀律師與法律作家。
33 譯注：Duns Scotus，蘇格蘭中世紀神學家。

的二等兵投訴幹部不公態度時的作法。這類投訴都會由單一法官審理，並不得於結案後再行上訴；只有重大案件，才需要三名法官。工業效率需要勞工大軍們維持最嚴謹的規範，但國家也會全力支持勞工對公平待遇的要求。幹部下達指令，二等兵則服從命令，但沒有幹部膽敢對最低階的勞工表現出傲慢的態度。至於幹部對大眾施加的粗暴舉止，則比其他小罪名還更容易迅速受到懲罰。我們的法官強力要求維持各種互動中的公平與禮節。沒有任何職務上的價值，能被用於抵銷俗鄙態度。」

當里特醫生侃侃而談時，我發現自己在他的言論中，聽到許多國家的事情，卻沒聽他提及州政府。我問道：當國家成為工業單位後，州就被廢除了嗎？

「必然如此。」他回答。「州政府會影響工業大軍的控制與紀律，畢竟這類規範需要受到中央統一控管。即使州政府沒有其他造成不便的理由，也早已被從你時代開始就大幅度簡化的政府業務影響，而變得相當多餘。政府目前唯一的功能，就是領導國內工業。過往政府許多存在目的，現在都已過時了。我們沒有陸軍或海軍，也沒有軍事組織。我們缺少國務院或財政部，也沒有消費稅或營業收入，更沒有稅金與稅務員。你所知的政府僅存的作用，只剩下警察系統的司法權。我向你解釋過，我們的司法系統和你們龐大又複雜的法律制度相比，有多麼簡化。當然，少了犯罪與誘惑，不但使法官的職務變輕，也大幅縮減了警方的人數與職責。」

「但少了立法機關，國會也五年才開會一次，你們要如何制定法律？」

「我們沒有法律，」里特醫生回應，「應該說，幾乎沒有。即使國會開會時，也鮮少考量制訂新的重要法規，只會將新法規推薦給接任的新國會，以免有條例倉促通過。好好想想，魏斯特先生，你就會發現我國沒有立法的必要。建立我國社會的基礎原則，解決了在你的時代得靠法律才能控制的動亂與誤解。

過去，百分之九十九的法條都是關於解釋和保護私人財產、以及買家與賣家的關係。現在沒有私人財產，也沒有買賣行為，因此在昔日十分必要的法律都已經消失了。過去的社會是倒立在尖端上的金字塔，所有人性需求都不斷企圖讓它失去平衡，而透過擔任不斷翻新的支撐物、扶壁和繩索的獨特法律系統，使金字塔能維持平衡，或變得歪七扭八（請原諒我無聊的幽默感）。中央國會與四十個立法機構一年能制訂大約兩萬條法規，速度卻不夠快到能替代持續出問題的法條，或是因為趨勢變化而變得無效的條例。現在的社會金字塔立於基座上，和亙古不變的山丘一樣不需要人為輔助。

「但除了中央政府外，你們還是需要地方政府吧？」

「當然了，它們肩負重要且廣泛的功能，其中包括了管理公眾舒適度與娛樂，和改善並美化村莊與城市。」

「但既然地方政府無法控制人民勞動，也無法雇用人力，它們怎麼能辦事？」

「每座城鎮或城市都有權為了公共事務，取得居民貢獻給國家的一部分勞力。這部分的勞動力與相對的信用額度，能以任何方式運用。」

第二十章

那天下午，伊迪絲輕鬆地問我，有沒有重新拜訪過在裡頭發現我的花園地下室。

「還沒。」我回答。「老實說，老實說，目前我還不敢去，以免想起有害心理平衡的往日回憶。」

「啊，沒錯！」她說，「我想，你遠離那裡也好。我早該想到的。」

「不，」我說，「我很高興妳提起這件事。如果有危險的話，也只限於剛開始的一兩天。總是多虧了妳，我覺得在這新世界中踏實多了；如果妳願意和我同行，幫我抵禦過往的話，我很願意在今天下午去拜訪該處。」

伊迪絲起初拒絕，但發現我興致高昂後，便同意陪我同行。從屋內望向樹林可以看到挖掘後留下的高聳土丘，我們走了幾步就抵達目的地。周遭環境完全沒有改變，維持在挖掘工程因發現地下室房客而被打斷時的模樣，不過房門敞開，屋頂的石板也被掀開了。我們沿著挖掘處的斜坡往下走，抵達門口，站在光線薄弱的房內。

房內的一切和我在一百一十三年前那晚，閉上眼睛陷入長眠前看到的景象一模一樣。我在原地沉默地站了一陣子，發現自己的同伴正用訝異又充滿同情的好奇眼神偷看我。我向她伸出手，她則讓我牽起她的手，柔軟的手指對我施以令人安心的回握。最後她悄聲說道：「我們該出去了吧？別給自己太多壓力。噢，這對你來說一定很奇怪！」

「恰好相反，」我回答，「一點都不奇怪；這才是最怪異的事。」

「不怪嗎？」她說道。

「即使如此，」我回應，「我依然感覺不到妳認為我會感到的情緒，我原本也以為這趟訪察會受到情感影響。我明白週遭事物代表的意義，卻察覺不到預料中的焦躁，對此妳不會比我更感到訝異。自從妳前來幫助我的那個可怕早晨後，我就試著不要想到之前的生活，就像我躲避這裡，害怕會帶來焦慮情緒一樣。我像個受傷的人，因為深怕傷處太敏感，而將手腳一動也不動地擺著，試圖移動時卻發現，患部已經麻痺了。」

「你是說，你的記憶消失了嗎？」

「並非如此。我記得所有與過往生活有關的事，卻完全沒有強烈情感。那一切清晰地宛如昨天才發生，但我對自身回憶的感覺相當微弱，彷彿我的心智已度過了一百年，與現實狀況無異，也許這點有合理的解釋。周遭改變所帶來的效果，就和時間流逝一樣，會使過去感覺起來十分遙遠。剛從長眠中甦醒時，過去的生活彷彿只是前一天的事，但現在，從我更加認識新環境，並了解世界經歷的莫大改變時開始，我就再也不覺得難以接受自己睡了一世紀這件事，反而相當容易。妳能想像在四天內經歷了一世紀的感覺嗎？對我來說似乎就是如此，而這也使我的昔日生活感覺起來遙遠又虛幻。妳能想像這種感覺嗎？」

「我想像得到。」伊迪絲若有所思地回答，「我想，我們都該感謝這種狀況，因為這會減少你不少苦難。」

「想像一下，」我說，努力向自己和她解釋我奇特的心理狀態，「某人在事件發生多年後——甚至是半輩子後——才得知自己喪失親人。我猜他的感受和我相當接近。當我想起過往的朋友們，以及他們為我感到的悲痛時，我感受到的是沉靜的同情，而非刺骨的心痛，就像是早已劃下句點的悲傷情緒。」

「你還沒向我們提過朋友的事。」伊迪絲說。「有很多人會為你哀悼嗎？」

「感謝老天，我的親戚很少，頂多只有表親。」我回答。「有一個人，她不是我親戚，對我來說卻比任何血親都重要。她和妳同名，本來快嫁給我了。唉！」

「唉呀！」伊迪絲在我身邊嘆氣。「她肯定相當心碎。」

這名溫順女孩的深沉情感，觸動了我麻木的心弦。我原本乾燥的雙眼，立即噙滿了之前拒絕流出的淚水。當我打理好心情時，發現她眼淚落下。

「願上帝保佑妳溫柔的心。」我說。「妳想看她的照片嗎？」

我的脖子上用金鍊綁著一只放有伊迪絲．巴萊特相片的小墜子；當我長眠時，墜子一直擺在胸口上。我將墜子打開，交給我的同伴。她急切地接了過去，並在注視那張甜美臉孔一陣子後，用雙唇輕觸了相片。

「我明白她善良又美麗，值得你流下淚水。」她說。「但你得記好，她的心痛在很久以前就停止了，她也在天堂裡待了接近一世紀。」

確實如此。無論她當年有多悲傷，也停止哭泣一世紀了；我突如其來的情緒隨之緩和，眼淚也乾涸了。在另一輩子中，我曾深愛過她，但那是一百年前的事了！有些人也許會認為這種說法缺乏情感，但我想，也許沒人擁有和我相同的經驗，因此也無法確實批判我。當我們準備離開房間時，我的雙眼望向放在房內一角的鐵製大保險箱。我要同伴看那只箱子，並說：

「這裡曾是我的保險庫與寢室。那邊的保險箱中裝了價值數千美元的黃金，還有許多有價證券。如果當晚我上床時，知道自己會睡上多久，我還是會認為，無論在多遙遠的未來，黃金仍然能在任何國家或時代為我提供生活保障，我應該要考量到，會出現黃金失去購買力的時代。無論如何，當我甦醒時，才發覺自己身處於連整車黃金都無法買到一條麵包的人民之中。」

如我所料，伊迪絲並不覺得我說的話有何特別之處。「為何能買？」她如此問道。

第二十一章

里特醫生建議，隔天早上我們該去探訪城裡的學校與大學，他想解釋一下二十世紀的教育系統。

「你會觀察到，」當我們在早餐後出發時，他說：「我們和你們的教育方式之間有許多重要差異，但主要差別在於現代所有人都有接受高等教育的機會，而你們的時代，只有一小部分人有這種福利。少了教育平等，我們就不覺得自己在平等化人類的物質舒適度上得到任何進步。」

「成本肯定很高。」我說。

「就算得花費國庫一半經費，也沒人會抱怨。」里特醫生回答。「即使這會使國庫只剩下一丁點經費也一樣。但事實上，教育一萬名年輕人的費用，並不比教育一千人的費用高出十倍或五倍。讓一切事務變得便宜非常多的準則，同樣也能應對到教育上。」

「我那時代的大學教育相當昂貴。」我說。

「如果我沒被歷史學家們誤導的話，」里特醫師回應，「造成高學費的原因並非大學教育，而是大學的鋪張與浪費。你們的大學學費其實很低，如果有更多學生的話，費用還會壓得更低。現代的高等教育和基礎教育同樣便宜，因為各層級的老師都和其他勞工一樣，會得到同樣薪資。如同一百年前的麻塞諸塞州，我們只是在義務教育體制下的普通學校系統，加入了六種高等學籍，讓年輕人念書到二十一歲，並賦予對方你們口中的紳士教育，而不是讓年輕人在十四或十五歲就進入社會，除了閱讀、寫作和乘法表之外，其他技巧一概不會。」

「先不提多年額外教育的成本，」我說，「我們不可能想到自己能承受在工業進步上損失的時間。來自貧困階級的男孩們通常不滿十六歲就開始工作，並在二十歲時熟悉自己的產業。」

「即使在這種制度下，我們還是不會在產品製造上輸給你們。」里特醫生回答。「除了最粗重的工作外，教育為各種勞務所增加的效率，能彌補受教育時損失的時間。」

「我們當時也害怕，」我說，「當高等教育使人們習慣專業時，會使他們拒絕體力勞動。」

「我在書上讀到過，那是你們時代高等教育的效果。」醫生回答。「也不意外，因為體力勞動代表了較為粗俗且無知的社會階級。現在沒有這種階級了，但當時難免會出現這種思維，因為一般認為追求高等教育的理由，要不是得到專業，就是獲取富裕生活；而不帶來財富或專業的教育，則認為會導致期望落空，除了是失敗的明證，也是弱勢的象徵。在現代，當大家認為高等教育適合某人的生活，且對他的職業沒有影響時，高等教育自然也不會產生歧視。」

「畢竟，」我說，「沒有教育能治癒天生的駑鈍，或補救先天的心理缺陷。除非現代人的心理狀態比我那時代的人更加進步，不然高等教育肯定會被社會上大多數人捨棄。我們曾認為，值得培養的心智，必須對教育有一定的接受度，就和能用於耕種的土壤，也得有天然肥沃度一樣。」

「啊，」里特醫生說，「我很高興你用了這種比喻，因為那正是我會用來比喻現代教育的說法。你提到無法收成的貧瘠土壤不會受到耕耘。不過，許多不生產農產品的土地，都是從你的時代開始受到培養，並一直延續到我們的時代。我說的是花園、公園、草皮，和大多如果放任雜草與荊棘在上頭生長，就會變得有礙觀瞻的土地，因此它們會受到培育。儘管它們的收成量很少，整體而言，卻沒有比其回饋量更大的土地。這道理和我們在社會上碰到的男男女女一樣，他們的聲音總是飄入我們耳中，行為也以諸多方式影響我們的心情──他們對我們的生活而言，就和呼吸用的空氣，或是其它我們賴以維生的要素同樣重要。如果我們無法教育所有人，就應該選擇天資最駑鈍的人來接受教育，而不選最聰慧的人。天資聰穎的人該將資源轉送給天生能力不足的人。

如果我們得像你那時代的知識份子一樣，被無知、粗鄙、又毫無文化素養的男女圍繞的話，用你時代經常使用的一句話來形容，我們便會覺得這輩子不值得活了。就因為某人在身上噴了香水，就該滿足於和臭氣薰天的大眾混在一起嗎？即使住在富麗堂皇的居所中，如果房屋四面的窗戶都面對馬槽，他還能感到滿意嗎？而那正是你那時代幸運人士所面對的人文素養狀況。我明白，當時貧窮又無知的人，相當羨慕富有的受教育階級；但對我們而言，活在骯髒與粗鄙環境中的後者，並沒有比前者好上多少。你那時代中有文化素養的人，就像是從脖子以下全泡在臭得令人作嘔的沼澤中，卻拿著嗅鹽瓶安慰自己。也許你現在能明白，我們如何檢視高等教育的議題了。對每個人來說，沒有比擁有聰明且善於交際的鄰居更重要的事了。因此，只有在國家幫忙教育鄰人時，人們才能加強自己的幸福。一旦國家沒有這樣做，每個人自身的教育價值就少了一半，而他培養出的許多興趣也只會成為痛苦的來源。

你們賦予少數人最高的教育層級，並使多數人停留在未受啟蒙的階段；這使這兩種人之間的代溝像物種間的差異般深邃，也無法互相溝通。有什麼比因無法全面享受教育而產生的後果更沒人性呢？教育的平等與普及，使人與人之間的差距變得能以天資做比較，但最低階的人程度大幅度升高，粗俗思維從而遭到抹滅。所有人對人文都有些理解，也多少對智慧產物有欣賞力，更能對他們無緣觸及的高級文化抱持景仰，也能在不同程度上接受或給予精緻社交生活中的樂趣與啟發。十九世紀的上流社會——只不過是龐大荒原中的一兩處渺小綠洲，能夠發出智性的良善或良好談吐的人，和同時代大眾的比例，曾經小到根本不值一提。今日世界上的單一世代，擁有比五世紀前的世代更廣闊的智慧生活。」

「我還得提到另外一點，現在沒有人能接受普及度不高的高等教育。」里特醫生繼續說。「這點也代表著，下個世代對受過教育的父母的要求。簡而言之，我們的教育體系有三項基本原則：首先，每個人都有權接受國家賦予的完整教育，這對個人福祉相當必要；其次，則是其餘公民讓他受教育的權利，這對他們在他周圍的福祉有必要性；第三，是未出世的胎兒得到睿智父母的權利。」

我就不描述當天在學校看到的細節了。由於在過往生涯中對教育沒有多大興趣，我無法作太多比較。除了高等教育與基礎教育的普及化外，我主要對大量的體能文化訓練感到訝異，以及體育成績、競賽和相關獎學金，在年輕人的分級上相當重要。

「教職員們，」里特醫生解釋道，「對體能教育和心智教育有同樣的責任。從六歲到二十一歲之間每學期的雙重核心，就是讓所有人在體力與心智上盡可能發展到最高程度。」

學校裡年輕人良好的健康狀態讓我十分佩服。我之前不只觀察了東道主一家的個人特色，還有我散步時看過的人群；這一切顯示自從我的時代以來，人類的體能肯定有了大規模進步。當我現在將這些強健的年輕男子，與精神奕奕的女孩們，跟我在十九世紀的學校裡看過的人比較後，便將這想法告訴里特醫生。他饒富興味地傾聽我的說法。

「你在這點上的說詞，」他說，「相當寶貴。我們相信你提到的進步確實出現過，但這當然只是理論。你獨特的地位，使你是當今唯一能對此提供權威意見的人。我向你保證，當你公開陳述自己的意見時，就會造成轟動。如果人類沒有進步的話，也太奇怪了。在你的時代，財富使社會階級充滿浪蕩的心智與身體，貧窮則利用過度工作、惡質食物和疾病肆虐的家庭吸乾大眾的精力。需要童工的勞務，與女人身負的重擔，都損害了大眾生命力。與其維持這種惡性狀況，現在所有人都享受到物質生活上最完美的條件；年輕人受到細心看顧與照料；所有人都得執行的勞役，只會在體力巔峰期發生，不會超過這段期間；對自己與家人的照顧、對生計的擔憂，與為生命無止盡地奮鬥所帶來的壓力——這一切曾對男女心理與生理造成負面影響的力量，已經不復存在。在這種改變後，人類自然會進步。在我們已知的特定層面中，進步確實發生過。比如說，在十九世紀因你們的瘋狂生活模式，而變得十分普遍的精神疾病，現在已幾乎完全絕跡，自殺行為也同時消失。」

第二十二章

我們和女士們約好在食堂吃晚餐，在一番交談過後，她們留下坐在餐桌邊的我們，讓我們繼續討論葡萄酒和雪茄等話題。

「醫生，」我在談話中說，「道德上來說，比起世上過往風行的體系——特別是我自己的不幸時代——如果我不仰慕你們的社會體系，就太無情了。假若我今晚像之前一樣陷入長眠，而時間反而往回流動，使我在十九世紀甦醒，當我告訴朋友自己的所見所聞時，每個人都會同意你們的世界是一座充滿秩序、平等與幸福的樂園。但我的同輩們是非常實際的人，在景仰過你們體系的道德美感與物質成果後，他們會開始計算，並詢問你們如何取得讓大家快樂的金錢；因為，要使全國維持我周遭的舒適度，甚至是奢華生活，國家肯定需要比我那年代更龐大的資產。儘管我能解釋你們體系的主要特色，卻無法回答這個問題，而由於他們的計算能力非常厲害，他們便會說我在作夢，也不可能相信其他事了。我知道自己年代中的國家總年產值，儘管是用絕對的平均值計算，每個人也只會產出三到四百美元，頂多只能以最低限度維持基本生計，你們是怎麼獲得這麼多資產的？」

「這問題非常中肯，魏斯特先生。」里特醫生回答，「如果在你假定的情況中，由於無法妥善回答，而使你的朋友們認為你的說詞全是胡扯，我也不會責怪他們。這是我無法一次就好好回答的問題，至於能證明我說詞的詳細數據，你得去我的圖書室翻書才能找到答案；但在這情況中，只不過是少了點解釋，就讓你被老朋友嘲笑實在太可憐了。

讓我們先談幾個我們用於節省開銷的小東西，再和你們做比較。我們沒有國債、州債、郡債或地區性債務，也不須為它們付出花費。我們沒有陸軍或海軍方面的人力或物資支出，也沒有陸軍、海軍或軍團。我們沒有稅收服務，也沒有大批收稅人員。至於我們的司法官員、警察、地方警長和獄卒，光是你時代中麻塞諸塞州內的警力，就足以負擔目前全國的需求了，也不像你們一樣有會攻擊有錢人的罪犯。由於殘缺狀況——腿瘸、重病與體態孱弱——而無法貢獻勞力的人們，在你的年代對健全人士們造成不小的負擔，而現在他們都擁有良好的健康與生活條件，人數也縮減得微乎極微，同時也隨著每個世代的出現，而變得更少。

我們省下的另一類物品，就是金錢與上千種與財務運作有關的職業，昔日曾有一大批人因它們而遠離了有用的工作。加上你那時代的富人已不可能再浪費金錢在私人豪奢上，這類物品可能也受到了高估。再來，現在也沒有無所事事的人，無論是富人或窮人都一樣──如同工蟻般渾渾噩噩的人已不復存在。

過往的貧窮狀況有個非常重要的因素：由居家洗滌和烹飪過程衍伸出的大量勞務與物資浪費，與另外得作的無數工作；我們已用合作計畫來解決這問題了。

比這一切還龐大的經濟體──對，是一切的總和──則受到我國的分配體制所影響。一度由商人、貿易商、店家，與各種臨時工、批發商、零售商、仲介、旅行商人、與各種中間人執行的各種工作，與浪費在不必要的交通與無止盡手續上的時間，目前只花費十分之一的人力，也不多浪費任何一絲資源。我們的分配系統有些特色和你的認知相同。根據我國統計學家的估算，我國勞工的八分之一人數，就足以處理所有貨品配送過程；在你的時代，則需要總人口的八分之一。製造業被剝奪了這麼多人力。」

「我開始明白，」我說，「你們如何獲取大量財富了。」

「抱歉，」里特醫生說，「但你還不懂。我目前提及的節約項目，以總量來看，考量到透過節省物料而直接或間接省下的勞動力，可能就等於你們年度產值的一半。不過，比起現在省下的其餘莫大浪費，這些項目只是九牛一毛；這些資源都是在國營工業被私人企業收購後遭到浪費。無論你那時代的人們在購買產品上造就了多棒的經濟狀況，或在機械發明上得到了多顯著的進展，只要他們停留在那體系內，就永遠無法擺脫貧窮的窠臼。

沒有什麼比這種體制更浪費人力。你得記好，這體系從未被人類智能發明，只不過是原始時代遺留下的陋習；當時由於缺乏社會組織，而無法發展任何合作方式。」

「我承認，」我說，「我們的工業體系在道德上非常惡劣，但除了道德層面外，做為製造財富的機器，它對我們來說十分有用。」

「就像我說的，」醫生回答，「這話題太長了，但如果你很想知道現代人在比較我們的工業後，對你們的工業體系所做出的主要批判的話，那我可以稍微提一部份。

讓工業受到不負責任的人們——這些人缺乏共識，也不願合作——管控後，主要出現了四種浪費：第一，錯誤的工作造成的浪費；第二，工業內人士之間的競爭與敵意造成的浪費；第三，週期性的供應過剩與危機造成的浪費，加上工業經常碰到的後續中斷情況；第四，隨時被閒置的資本與勞力所造成的浪費。在這四項浪費中，就算阻止了三者，只靠其中一種，便能在國內造成富有與貧窮之間的差距。

先談談錯誤工作造成的浪費好了。在你的時代，產品的生產與配送缺乏統一規範與組織性，無法得知究竟有哪種產品需求，或是供應量為何。因此，任何由私人資本家成立的企業總是個令人存疑的實驗。設計者本身對業界或消費狀況沒有任何認知，這點與我們的政府不同，因此設計者永遠無法確定人民究竟想要什麼，或其他資本家對貨物供應的安排。有鑑於這點，當我們發現任何企業失敗的機率都很高時，並不感到訝異；也很常有人在重複失敗多次後，才終於獲得一次成功。如果有名製鞋匠每成功完成一雙鞋，都得弄壞能用於四五雙鞋的皮革，他發財的機率就跟仰賴你那時代私人企業體系的人一樣，平均得失敗四到五次，才會有一次成功。

下一項大浪費來自競爭。工業是個跟世界同樣廣泛的戰場，勞工們把精力浪費在攻擊彼此上，如果這股精力像現代一樣灌輸在團結合作上，就能使所有人得到富足。過去在這戰場上，從沒有人願意展現憐憫。如果有人一腳踏進商場，為了將自己的事業建立在前人的廢墟之上，而摧毀了商場中的其他企業，大眾會認為這是種傑出成就。將商戰比擬為真實戰爭也毫不誇張，因為牽扯其中的心理與生理創傷，與對戰敗者和他們照料對象所造成的苦難完全相同。在同業界工作的人非但沒有並肩作戰，反而將彼此視為該消滅的對手與敵人；乍看之下，你那時代沒有什麼比這點更令現代人感到訝異。這彷彿是出自瘋人院的瘋狂之舉，不過一旦仔細觀察，就會發現事實並非如此。儘管你的同輩們互相傷害，卻完全了解自己的行為舉止。十九世紀的製造商和我們的製造商不同，不會為了維護團體而合作，反倒是為了壯大自己而使團體吃虧。如果在此情況下，卻同時使整體社會財富增長，也只是巧合，這就和透過傷害大眾利益來增加自己的私人財富一樣常見。人們最糟的敵人正是自身業界的同僚，因為當你們將獲取私利設為生產動機後，很少有製造者會做出自己喜愛的物品。為了自己的利益，製造者只生產自己能力所及的產量。他持續透過抹殺或威脅同業，來確保消費量一致。當他為所有產品設價後，計畫便是吞併他無法抹殺的對象，並透過壟斷市場——我相信在你的時代是這麼稱呼的——將他們的鬥爭矛頭轉向大眾，再將價格拉到人們願意承受的最高價。十九世紀生產者的夢想，是對某些生活必需品的供應佔有絕對控制，這樣他才能讓大眾維持瀕臨餓死的臨界點，也總是能控制自身的飢渴行銷價格。魏斯特先生，這就是十九世紀的生產系統，我讓你自己思考，在某些層面上，這是否更像是阻斷生產的體系。等我們哪天有空時，我想和你坐下來談談，請你讓我了解，儘管在許多方面上，你的當代人士似乎相當聰明，但居然願意將提供大眾需求的事業，交給只想讓大眾挨餓的人；我花了很多時間鑽研這點，卻從未理解。我向你保證，我們所做的並非讓世界在這體系下變得富有，而是讓它不因需求而毀。等我們考量過其他項大型浪費後，這點會變得更明顯。

除了被誤導的工業造成的勞力與資本浪費，以及你們工業內戰造成的持續混亂外，你們的體系容易受到週期性變動影響，讓智者與愚人一同受害，也延燒到迫害者和受害者雙方。我說的是每五到十年就會發生的商業危機，那會損害國內的工業，打垮弱勢企業並摧殘強勢公司，隨之而來的則是為期數年的黯淡時期。這段期間，資本家緩緩地找回之前四散的力量，而勞動階級則捱餓並掀起暴動。接著又會有一段短暫的繁榮時期，然後再度出現危機與消耗期。當商業逐漸發展，使不同國家仰賴彼此時，這些危機便擴張到全世界，而接連發生的崩潰期隨著受影響的地區增加，而變得越來越長，之後也缺乏團結的核心。當世界上的工業變得更多更複雜，使用的資本也變多時，這些商業災難就變得更頻繁；直到十九世紀後期，出現了糟糕的兩年，與良好的一年，而從未擴張到這種規模的工業體系，則似乎即將被自己壓垮。在無止盡的討論後，你們當時的經濟學家得出絕望的結論，認為這些混亂就像旱災或颶風一樣，不可能避免或控制。只能把它們當作必要之惡，而當災難過去，人們又得重建被毀壞的工業結構，就像地震區的居民不斷在原址重建城市一樣。

考量長期存在於工業體系中的問題原因時，你那群當代人士有正確的思考方向。問題還停留在基礎狀態，但會隨著商業結構擴張與複雜化，而變得更加惡化。其中一種因素，是缺乏對不同工業的統一控制，和不可能在之後維持發展上的秩序與穩定性。由於缺少這點，使工業組織彼此持續產生摩擦，也無法跟上需求量。

後者少了組織性分配給予我們的準則，而任何工業首先注意到的問題，都是價格大跌、製造商破產、生產停歇、薪資減少，或是解僱勞工。這項過程在許多工業中持續發生，即使在所謂的好時期中也一樣，但只有在工業受到廣泛影響時，危機才會發生。當下的市場充斥商品，開任何價都沒人想要。對製作產量過多商品的勞工來說，薪資與利潤要不是降低，就是完全消失；他們身為無過量商品消費者的購買力受到剝奪。作為後果，原本沒有過量問題的商品，也因人為因素而變得過量，價格也往下滑落，生產者則被迫失業並失去收入。此時危機便開始發展，直到國庫的資金浪費殆盡。

另一個在你們體系中長存的問題因子，經常製造出可怕的集中性危機；這個因子就是金錢與信用系統。當生產過程由許多私人企業把持時，金錢就相當必要；而為了使個人得到想要的物品，也需要販賣行為。不過，在傳統上它明顯代表了食物和衣物等商品。當人們對商品與其代表間的關係感到困惑時，就催生了信用系統和它強大的錯覺。早已習慣用金錢換取貨品的人們，之後也接受用金錢換取承諾，也不再注意代表物背後的真相。金錢是真實商品的代表，信用則只是代表物的標誌。黃金與白銀在金錢價值上都有天然限度，但對信用沒有影響，這造成信用的可信度——也就是金錢上的承諾——和金錢再也沒有可信的連結，更別提實際存在的商品了。在這種體系下，這種法則一再催生出週期性危機，就像被重心壓垮的建築。你們的其中一種幻想，就是認為只有政府和政府授權的銀行會發行金錢；但每個能負擔一美金信用的人，同時也捐出了同額度的款項，直到下次危機發生時，都能擴張金錢的循環。信用系統的擴張，是十九世紀下半葉的典型特色，也造就了該時期幾乎毫不停歇的商業危機。儘管信用十分危險，你們卻無法捨棄它，由於缺乏管理國家資本的國立或公立組織，使信用成為你們唯一能將資本導向工業的媒介，因此信用變成引發私人企業系統主要危機的最大因素；讓特殊工業吸收大量國內可移動的資本，因而引發災難。企業總是透過信用提前大量借債，同時與其他企業借款，也和銀行與資本家借貸，而在危機初期跡象出現時，就立刻抽離這股信用，也是促成災害的主因。

不幸的是，你的當代人士得用隨時會被意外變為炸彈的因子，來鞏固自己的商業結構。他們的處境，就像用炸藥取代灰泥來蓋房子的人，這種比喻信用的方式十分恰當。

如果你想了解我提到的商業動亂有多麼不必要，以及它們如何肇因於將工業交給無組織性私人管理人員經營，看看我們的體系就知道了。你那時代的一大問題，就是過度生產特殊商品，但這問題現在已經不可能發生了，因為透過分配與生產，供應量會根據需求來設計，就像引擎隨控制速度的調速器運作一樣。假設某種商品因為判斷錯誤，而導致過度生產，該產品線生產上的拖延或停止卻不會使任何人丟掉飯碗。停工的勞工們會立刻在大型廠房的其他部門找到工作，只損失交換部門時花的時間；至於過多的貨品，國內的商業架構則大到能承擔任何產量多過需求的產品，直到需求量達到平衡。在過度生產的狀況下，我猜我們並不像你們一樣，會有任何複雜體系出錯，造成原本的問題被放大上千倍。既然我們沒有金錢，自然也沒有信用制度，所有人都直接以實物交易，包括麵粉、鐵、木頭、羊毛和勞動；金錢和信用對你們而言，則是造成誤導的代表物。我們對成本的計算不會出錯，年產量中會配給扶養人民的必要支出量，也提供隔年耗損品所需的必要勞力。物質與勞動的殘餘量，代表有哪些物品能夠安全地補強。如果收成量不好，該年的盈餘量便會少於尋常時期，僅此而已。除了偶爾會受到這類自然因素影響外，生意上沒有波動；國內的物資繁榮度不受打擾地隨著不同世代延續下去，就像一道逐漸變深變寬的河流。」

「魏斯特先生，你們的商業危機，」醫生繼續說，「像是我剛提到的兩種大型浪費，就足以讓你們永遠受苦了；但我還沒提到造成你們貧困狀況的另一項因素，也就是你們大部分受到閒置的資本與勞動力。對我們而言，政府有責任讓國內每一項資本與勞動力持續運轉。在你的時代，無論是資本或勞動力，都缺乏統一管控，且大部分都無法好好運用。『資本，』你們以前常這樣說，『天性怯懦。』而如果處在任何商業投機行為都非常可能會失敗的時代，不怯弱就反而魯莽了。一旦安全性受到保證，那麼投入製造業的資本便肯定會增加，根據不確定感的大小與工業狀況的穩定度，資本比例不斷經歷持續出現的莫大變動，讓國內工業不同年份產量之間有很大的差異。但也基於同樣的理由，使在特別不安定的時代內使用的資本量，會比較安定的時代來得少，而一大部分的資本卻完全未經使用，因為商業危機在最美好的時代中總是最為高漲。

另外也得注意，大量資本總是尋求在勉強安全的地點有使用的機會，這使資本家容易在機會出現時，就進行激烈競爭。閒置的資本，與怯懦造成的結果，自然代表勞動力也會有相呼應的閒置狀況。再者，商業調整中的每項改變，在貿易或製造條件中每道微小變化，更別提每年都會發生的無數商業失敗，即使是狀況最佳的年代中，也經常使大批人群失業長達數週或數月，甚至是好幾年。這些求職者有許多不斷在國內奔走，逐漸成為職業流氓，接著轉為罪犯。「給我們工作！」這是無業者大軍無時無刻的戰吼，而在商業淡季時，這批大軍則成長為足以威脅政府穩定度的龐大勢力。在充滿貧窮與需求的時代，資本家得消滅彼此，才有安全的機會能投資資本，勞工則因為缺乏工作而四處燒殺擄掠；有比這點更能展現出將私人企業系統作為使國家富有的手段，是多麼愚蠢的事情嗎？」

「好了，魏斯特先生。」里特醫生繼續說，「你得記住，我剛剛提的這幾點是透過以反面指出私人企業體系中的嚴重缺失與愚行，反映國內工業組織的優勢，因為它缺乏上述缺點。你得承認，光憑這幾點，就能解釋為何現代國家比你的年代更富有。但我還沒提到我們強過你們的大半優勢。假設工業中的私人企業體系沒有我提出的缺點；沒有被錯誤需求所導向的勞力浪費，也能夠概觀整個工業業界。再假設，沒有競爭造成的中斷與抄襲行為，加上沒有來自破產與工業長期停滯導致的驚慌與危機，資本與勞動也不被閒置。假設這些當資本困於私人手中時的工業缺點，能全數奇蹟似地避免，而體系也照常運作；即使如此，由國家控制的現代工業體系得到的成果，依然會大勝過往。

你們曾有些規模相當大的紡織廠，不過那和我們的工廠相比則小巫見大巫。你過去肯定拜訪過這些大型廠房，它們佔地數公畝，雇用上千名員工，並將上百種處理棉花細與光滑印花布的過程納入統一管理。你們將龐大的勞動經濟體，比喻為所有齒輪與人手完美合作的機械力量。你肯定想過，那棟工廠中的勞工如果四散各地，每個人都獨立作業的話，工廠裡會少多少員工。如果分開工作的勞工，儘管彼此相處融洽，當他們的勞力被囊括在單一控制下時，產量不只會增長百分之一，而是數倍以上，你會覺得這種說法誇張嗎？魏斯特先生，國立工業組織處於統一控制之下，所有製程彼此環環相扣；即使不提剛剛說的四項大型浪費，這些紡織工人透過合作製作的產品，其產量也大幅超越了過去的體系。一個國家的勞動力，在私人企業的諸多領袖控制下，即使領袖們沒有彼此為敵，這種勞動力和以單一領袖主導的勞動力效率比起來，就像暴民的效率，或是有上千名自私酋長的野蠻人大軍，另一方則是由一名將軍主導的有紀律軍隊——比方說，像馮・毛奇[34]時代的德國軍隊。」

「在聽過你說的話後，」我說，「我對現代國家比以往富足已不再感到驚訝，但你們也並非全是大富翁。」

「這個嘛，」里特醫生回答，「我們相當富裕。我們目前的生活方式，已盡可能地奢華。在你們那時代引發誇張舉止的炫富競爭，完全無法帶來生活的舒適感；在人們擁有平等物資的社會中，自然也沒有存在必要，我們的野心也停留在讓生活變得更怡人的周遭事物上。如果我們選擇運用產品盈餘的話，也許我們確實擁有更高的個人收入，但我們傾向將這筆費用投注在大家都能分享的公共建設和娛樂上，包括公共廳房與建築、藝廊、橋墩、雕像、交通方式、城市內的便利設施、音樂或戲劇表演，與提供人民大規模的娛樂活動。你還沒見識過我們如何生活，魏斯特先生。在家中，我們擁有舒適生活，但我們生活中的光彩則來自社交面，也就是我們與彼此分享的那部分。當你更了解這部分時，就會像你們以前的說法一樣，明白金錢的去向；我想，你會同意我們擴張金錢使用範圍的行為。」

「我想，」當我們從食堂往家裡走時，里特醫生觀察道，「最能激怒你們拜金時代人民的想法，就是說他們不懂如何賺錢。不過，那正是歷史對他們下的判斷。他們無組織性又好戰的工業在經濟上十分愚蠢，道德上也相當醜陋。自私是他們唯一的準則，而在工業生產上，自私等同於自殺。出於自私的競爭行為，則代表了體力散失，合併才是促使有效生產的祕方；一直到增加個人資產的想法，被增加大眾財富的想法取代，工業合併才能開始進行，也才有辦法開始集結財富。即使有福同享原則不是奠基社會唯一人性化的理性準則，我們還是會將它做為經濟上的權宜之計，因為直到自私行為帶來的破壞性影響受到壓制前，都不可能有真正的工業合作狀態。」

34　譯注：Helmuth Karl Bernhard von Moltke，十九世紀普魯士名將。

第二十三章

當晚，我和伊迪絲坐在音樂室，傾聽當天播放的音樂節目中吸引我的曲目。我趁音樂間歇時問：「我有個問題想問妳，但我怕這問題太過輕率。」

「我相信不會。」她鼓勵般地回答。

「我像個竊聽者，」我繼續說，「偷聽到一些自己不該聽的事，但這些事似乎跟我有關，因此就無恥地來問原本的發言者。」

「竊聽者！」她重覆道，表情相當困惑。

「對，」我說，「但我有理由，我想妳也會同意。」

「真神秘。」她回答。

「對，」我說，「神秘到我經常懷疑自己究竟有沒有聽到現在要問妳的事，或只是作夢，我想要妳告訴我這點。是這樣的：當我從一世紀的長眠中甦醒時，我的第一印象是在我周遭講話的人，後來我認出妳父親、妳母親，和妳的聲音。首先，我記得妳爸說：『他要睜開眼睛了。他最好只看到我們其中一個人。』如果我沒做夢的話，妳說：『那答應我，你不會告訴他。』妳父親一開始對這項承諾十分猶豫，但妳很堅持，而妳母親也介入了，於是他做出保證，等到我睜開眼睛時，就只看到他而已。」

當我說自己不太確定是否有聽見這段對話時，我的態度相當認真。令人百思不得其解的是，這些人居然知道我的事，我可是和他們曾祖父母同輩的人，而且我還不認識他們的祖先。但當我看見伊迪絲對這段話的反應時，就知道那不是夢，而是另一樁謎團，也比我之前碰過的事還更令人困惑。因為從我發問開始，她就顯露出明顯的尷尬。她總是清澈又明亮的雙眼，現在則呈現一片慌亂，臉上的紅暈也延伸到頸部和前額。

「原諒我，」一等我從剛剛話語中的效力恢復過來，我就說道。「我似乎不是在做夢，你們隱藏了某個關於我的秘密。我這種處境的人，難道不應該知道所有關於自己的事嗎？」

「這和你無關——沒有直接關聯。其實不是關於你的事——不完全是。」她聲音微弱地回答。

「但這和我有點關係。」我堅持道。「一定是我有興趣知道的事。」

「我不知道會不會那樣。」她回答，並稍稍瞥了我脹紅的臉一眼，但儘管眼下的狀況如此，她的嘴角邊卻微微流露出某種幽默感。「我不確定你會對此有興趣。」

「妳父親會告訴我。」我語帶責難地堅持道。「是妳不讓他說的，他認為我應該要知道。」

她沒有回答。她困惑的模樣相當迷人，使我儘管因為原先的好奇心而想繼續逼問，現在卻不想再讓她難堪了。

「我永遠不能知道嗎？妳永遠不會告訴我嗎？」我說。

「看情況。」她在停了好長一段期間後回答。

「什麼情況？」我追問道。

「啊，你問太多了。」她回答。接著，她的臉轉向我，那雙難以捉摸的雙眼、泛著紅暈的雙頰，和微笑的雙唇，使她看起來美豔誘人。她補充道：「如果我說取決於——你自己，你會怎麼想？」

「我自己？」我重覆道。「怎麼可能？」

「魏斯特先生，我們錯過美妙的音樂了。」這是她唯一的回答，接著她轉向電話，用指尖一觸，就使空氣中充滿慢板音樂的節奏。之後她使音樂繼續播放，讓我們無暇說話。她的臉避開我，並假裝陶醉在氣氛中，但那只是為了掩飾她雙頰上鮮潤的紅色色澤。

當她終於說我可能聽夠了時，我們便起身離開房間，這時她向我走了過來，雙眼依然低垂著說：「魏斯特先生，你說我對你很好。我並沒有這麼做，但如果你認為如此，我要你答應我，不會再試著要我告訴你今晚所問的事，也別試圖從別人身上找答案——像是我父母。」

對這種請求，只有一種回答。「請原諒我讓妳感到不悅，我當然保證，」我說。「如果我認為這會讓妳感到不安，就絕對不會再問。但妳會責怪我的好奇心嗎？」

「我一點都不怪你。」

「等過一些時間，」我補充道，「如果我不鬧妳的話，也許妳會自己向我坦白。我能有這種希望嗎？」

「也許吧。」她咕噥道。

「只有也許而已嗎？」

她抬起頭，用迅速卻深邃的眼神端睨我的臉。「對，」她說。「我想我可能會告訴你——等過一些時間。」我們的對話就此結束，因為她沒給我繼續問的機會。

當晚，我認為就連菲爾斯伯里醫生都無法讓我入睡，至少直到早上。好幾天來，我已經習慣謎團了，但之前的事都不如伊迪絲．里特禁止我詢問的這件事，讓我感到如此神秘。這是個雙重謎團。首先，她究竟為何知道我這名來自特異時代的陌生人的秘密？再來，即使她知道這個秘密，為何那讓她感到如此驚慌？有些謎題困難到使人完全無法推敲，而當下的謎團似乎就屬於這類問題。我的個性太過實際，通常不願花時間在這種謎題上；但隱藏在年輕美女心中的秘密，似乎使謎團變得更有吸引力。大體而言，女孩脹紅的臉龐對全世界的年輕人而言應該都代表了同一件事，但考量到我的處境與認識她的時間長度，加上這件謎團從我認識她前就已發生，認為伊迪絲紅潤的雙頰代表愛意，就太愚昧了。但她依然美得像個天使，如果理性與常理能將那朵紅暈從我當晚的夢中驅散的話，我就不算是個年輕人了。

第二十四章

早上，我提早下樓，希望能單獨見伊迪絲。不過，我失望了。屋裡沒看見她後，我到花園裡找她，但她也不在那。在漫遊之際，我走進了地下室，坐在裡頭休息。書桌上擺了好幾份期刊與報紙，在認為里特醫生可能對一八八七年的波士頓日常生活有興趣後，我便將其中一份報紙帶進屋裡。

我在吃早餐時碰上伊迪絲。她向我打招呼時，臉色立刻紅了起來，但維持了完美的自制。我們坐在桌邊時，里特醫生讀起了我帶來的報紙。裡頭和該日期的所有報紙一樣，寫滿了勞工問題、罷工、停工、杯葛、工黨的計畫，以及無政府主義者的威脅。

「順道一提，」醫生向我們大聲朗讀報紙中的部分內容時，我說：「社會革命份子在新秩序中扮演了什麼角色？我最後聽說的，是他們還在大力抱怨。」

「他們自然只會阻礙新社會。」里特醫生回答。「當他們還尚存於世時，就已非常有效率地進行了阻礙行為；由於他們的言論讓人們相當作噁，使得沒人願意考量對社會改革有最佳影響的計畫。買通那些人是反對改革者最聰明的行為之一。」

「買通他們！」我訝異地驚呼。

「沒錯。」里特醫生回答。「現代的歷史權威人士普遍認為，這些人都受到大企業雇用，一面揮舞紅旗，一面提及燒殺擄掠與炸死眾人，以便嚇唬心智怯懦的人，才能斬斷促進真正改革的機會。讓我最訝異的，是你們居然會天真地落入他們的陷阱。」

「你們為何相信社會革命份子被買通了？」我問。

「因為他們肯定發現，自己的目的造就了上千名敵人。更別提他們受雇用這點，這更讓他們充滿令人難以想像的愚蠢。[35]在全世界的國家中，只有美國沒有任何團體能不在先贏得全國多數支持前，就先預料自己的想法會被接受，這點國家主義份子已經辦到了。」

「國家主義份子！」我驚呼。「他們肯定是在我的時代後興起的。我猜是工黨之一吧。」

「噢不！」醫生回答。「工黨根本不可能做出大規模或永久性的建樹。以國家規模的目的而言，他們作為階級性組織的基礎太狹隘了。當工業與社會體系在道德上受到高度重整，至於更有效的財富生產方式，則被重整為對包括富人與窮人、受教育人士與愚人、老人與年輕人、弱者與強者、和男人與女人等所有階級的利益都平等的政策。在這一切成真前，沒人認為改革會成功。接著國家主義份子崛起，並用政治手段執行改革。他們取這名字的原因，可能是由於該組織的目標是將生產與分配的功能國有化。它確實無法使用別的名稱，因為它的目的是實現之前從未成真的偉大完整國家概念，使國家不只是一群為了影響自身表面福祉的特定政治功能所聚集的一批人，而是一個真正的家庭，與重要的同盟，也擁有同樣的生活，像株直頂天際的大樹，樹葉則是人民，從樹幹中吸取養分，也同時滋養大樹。身為最愛國的團體，它企圖為愛國主義辯護，並透過將家園轉變為真正的祖國，使國家成為保護人民性命的真正父親，不只是讓他們犧牲性命奮鬥的偶像，更使這想法提升為理性奉獻。」

35 我完全承認，很難找到無政府主義份子沒受到資本家贊助的其他理論，但同時這點也可能全然錯誤。當時沒有人相信這想法，不過回頭想想，這似乎相當明顯。

第二十五章

自從我以特異方式踏進她父親家中後，伊迪絲．里特的個性就相當吸引我，且經歷過前晚發生的事之後，我就更難把注意力從她身上移開。從一開始，我就感受到她散發出的寧靜誠實感，與聰慧的明快態度，比任何女孩都更像個高貴且單純的男孩。我很想知道，這種迷人特質究竟是否唯她專有，以及從我的時代以來，女人的社會地位究竟經歷了多少改變。當天有機會與里特醫生獨處時，我就將話題轉到了這個方向。

「我猜，」我說，「由於少了家事的負擔，現代女子沒有工作，只需培養自己的魅力與氣質。」

「以我們男人的角度看來，」里特醫生回答，「如果她們只有那種事可做的話，用你時代的說法，我們就該認為她們已經付出充分的代價了。但即使自己只有花瓶的功用，她們也絕對不想只當社會上的受益人。她們確實樂於看到家事被免除，因為比起合作計畫，家事不只令人疲倦，也極度浪費精力。但她們只願意在能透過其他更有效的方式，對公眾福利做出貢獻的情況下，才願意放下家務。我國的女性和男性都是工業大軍的成員，也只有在懷孕時才會離開。結果是，大多數女性一生中都會進行五到十五年的工業服務，而沒有小孩的女性則會服完完整的勞役。」

「那麼，女人不會因結婚而離開勞役嗎？」我問。

「和男人一樣不行。」醫生回答。「為何女人能這樣離開？已婚女子現在已經沒有家務責任了，丈夫也不是需要照料的嬰兒。」

「我們的文明裡最糟糕的地方之一，就是我們對女人壓榨的勞務。」我說。「但你們似乎比我們對他們的要求更多。」

里特醫生笑出聲來。「的確如此，我們對男人也有相同要求。但現代女性非常開心，而除非我們受到當代文獻誤導，十九世紀的女子過著非常悲慘的生活。現代女性能成為男性強力的合作夥伴，同時又過得快樂的原因，是由於在她們與男性的工作上，我們都遵循使人們選擇最適合自己的職業這項原則。女人的力氣比男人小，也無法在工業上執行特殊業務，而為她們預留的職位，與進行這類工作時的情況，都會符合上述條件。粗重的工作由男性負責，較輕的職務則交給女性，不允許女人接受種類與勞動程度不符性別條件的工作。再來，女性的工時比男性短，假期也更頻繁，需要時也能得到最細膩的看護。當今男性相當明白，自己的生命熱情與動力都來自女性的美麗與氣質，而男性允許女性工作的理由，只因為大家都明白適宜自己的特定勞動，在體力最強盛的期間內，對身體與心理都有幫助。我們相信使當代女性的健康狀況比你那時代女性強盛的原因——她們似乎大多都病懨懨的——是因為所有人都有健康且振奮人心的工作。」

「我了解你對女性勞工屬於工業大軍的說法，」我說，「但當她們的勞動力如此不同時，怎麼能讓女性身處和男人有相同階級與法則的體系中呢？」

「她們遵循截然不同的法則，」里特醫生回應，「組織也比較類似同盟軍，而非男性軍隊中的必要部分。她們有女性總司令，也完全受女性統御。這名總司令和高級軍官由已服完勞役的女性們選出，和男性軍隊的首長與總統選舉方式相同。女子軍團的總司令在總統內閣中有席位，在與女性工作有關的事務送到國會審理時，她也有否決權。我應該補充：在司法上，我們有受女性總司令與男性總長指派的女性法官。當被告與原告雙方都是女性時，案件就會由女性法官審理，而當男女各為案件雙方時，也會有男女法官來處理案件。」

「在你們的體系中，女權似乎是『主權中的主權』（imperium in imperio）。」我說。

「某些層面上來說沒錯。」里特醫生回答。「但你得承認，這種內部權力不會損害國家。你那時社會諸多問題中的其中一點，就是缺乏性別上的獨特個體性。男女之間的吸引力，經常阻礙彼此察覺對方與自己深度的差異，這些差異使兩性在許多層面上讓彼此覺得奇怪，也只能對同性展露同情。我們完全接受性別差異，而非企圖毀滅它們，你那時代部分改革者就曾打算這麼做；我們使兩性更加享受彼此，也更有熱情。在你的時代裡，女人沒有職業，卻與男人維持怪異的競爭關係。我們給了她們屬於自己的世界，有自己的競爭、野心和事業，我也能向你保證，她們對此感到十分開心。對我們而言，比起其他社會階級，女性更受到你們的文明所害。她們無趣又毫無進步的生活、備受壓迫的婚姻、狹隘的觀念，以及被家園禁錮的身體，和範圍窄小的個人興趣，即使過了這麼久，依然能讓我們感受到當年的悲情。我現在提的不只是來自貧窮階級，被迫工作到死的女子，也包含家境優渥的女性。她們無法逃離生命中的莫大悲傷與瑣事，也不能逃入清爽的外界，更不可能關注家庭以外其他人的福祉。這種生活經常會弱化男人的心智，或將他們逼瘋。這一切在現代都改變了。現在沒有女人會希望自己身為男人，也沒有父母只想生男孩，而不想生女孩。我們的女孩們和男孩們一樣，對自己的事業充滿企圖心。當婚姻到來時，不代表她們會失去自由，也不會讓她們脫離更廣大的社會層面，以及蓬勃發展的世界。只有當母性讓女人心中充滿新念頭時，才會暫時離開社會，之後，她隨時都能回到同伴身邊，也從不需斬斷與她們的聯繫。和歷史上的女性比起來，當代的女性非常快樂，她們賜予男性快樂的能力，自然也大幅增長。」

「我以為，」我說，「女孩們在職業上，與身為工業大軍成員和職位候選人的角色上，可能會使她們遠離婚姻。」

里特醫生露出微笑。「別擔心那點，魏斯特先生。」他回答。「無論男女之間的立場有什麼改變，造物主已確保雙方依然對彼此保有吸引力。在你們的時代中，當為生存的奮鬥使人們無暇想別的事，而充滿不確定性的未來也使育兒責任帶有犯罪般的風險時，仍然會有婚姻產生，就能證明這點。至於現代的愛情，我國一名作家說，男女心中不再需要為求生擔憂而留下的空白，已被溫順的熱情填滿。不過，我得告訴你，這點太誇張了。對其他人而言，婚姻不影響女人的事業，女性工業軍團中的高位也只託付給身為妻子與母親的成員，因為只有她們能徹底代表女性。」

「女性和男性一樣也會得到信用卡嗎?」

「當然了。」

「我猜女人的信用額度比較小,因為她們的家庭責任,而經常得在勞務上請假。」

「比較小!」里特醫生驚呼。「噢,不!所有國民的物質條件都相同。這項規範沒有例外,但如果在你提的勞務中斷上有任何差異的話,就是讓女人的額度變高,而非變少。你能想像有哪件事比生育並照顧國內兒童,更值得國家的感激嗎?根據我們的觀點,沒人比好父母更有資格得到世上的福祉。沒有工作比養育將在我們過世後繼承這世界的孩子們更無私,更不求回報,儘管內心確實得到了報酬。」

「照你說的來看,妻子也不仰賴丈夫的扶養了。」

「當然不會。」里特醫生回答。「孩童也不仰賴父母扶養,不過由於情感聯繫,他們還是由父母照顧。孩子長大時,他的勞動成果將用於增加國庫,而非父母的財產;到時他父母已經過世,因此他便仰賴國庫養育。你得理解,所有人的帳戶,包括男女與幼童,都與國家直接連結,也永遠不會經過任何中間人;當然,在一定程度上父母除外,因為他們必須扮演孩童的監護人。他們養育幼兒的權利,來自個體與國家的關係,與公民身份本身;這種身分不與他們和其他同為國民的人之間的聯繫有關。如果有人得靠他人扶養，這與道德觀相斥，也無法以任何理性的社會理論解釋。在這種安排下，個人自由和尊嚴會有什麼變化？我明白你們宣稱十九世紀的自己是自由的。不過，這個字眼的意思和現代的意涵完全不同，不然你們肯定不會將它應用到一個成員強烈依賴彼此維生的社會上；窮人仰賴富人，員工仰賴雇主，女性仰賴男性，孩童則仰賴父母。與其採用最自然的方式，將國內產品直接分發給國民，你們似乎反而專注於發展接力賽般的分配方式，對各階級的接收人施以最深的個人羞辱。

至於需要男性扶養的女人（當時這還是正常情況）天生吸引力在因愛而生的婚姻中，經常使婚姻變得足以令人忍受；不過我猜，對精力十足的女性來說，那肯定同樣令人感到羞恥。為何在無數案例中，無論有沒有婚姻存在，女人都得將自己販賣給男人以求取生路呢？即使是對社會上大多可怕要素視而不見的同輩人士，似乎也知道這並非正確想法；但他們也只因同情而對女性抱持惋惜。他們並不明白，當男人奪取了世上所有物資，並讓女人得靠哀求哄騙的方式換取必需品時，這種事就等於搶劫和暴行。為什麼——不好意思，魏斯特先生，我講過頭了，彷彿那些可憐女子承受的巧取豪奪、悲情與羞辱並非一世紀前的事，或是你得對自己和我感到同樣惋惜的事件負責。」

「我得為過往的世界背負起自身責任。」我回答，「我只能委婉地說，在國家目前的組織性生產與分配體系成熟前，女性的地位不可能有劇烈變化。如你所說，女性缺陷的根源，來自仰賴男人維持生計，除了你們的文化外，我也想不出有其他社會模式，能使女人擺脫男人的控制，同時也讓男人脫離對彼此的控制。我想，除非兩性間的社會關係受到特殊影響，否則女性地位無法徹底改變。我很有興趣研究這點。」

「我認為，比起你時代中兩性關係的虛假性，」里特醫生說，「你能觀察到的改變，主要會是這類關係中的坦白與自由。兩性現在享有平等地位，只為愛而追求對方。你的時代裡，女人仰賴男人維生這點，使女人成為婚姻中主要的受益者。我們從現代紀錄中看來，下層階級似乎對這點有大略理解；而在更富裕的階級中，問題則受到獨特的傳統體系掩飾，該體系企圖催生相反的結果，也就是使男人成為唯一獲利的一方。為了延續這項傳統，他總得扮演求婚者的角色。因此，沒什麼比女人在男人表達要娶她前，就先展現出對男人的的喜好，要來得更令人驚恐。我們的圖書館裡，有些由你時代作者所寫的書本，內容只討論在任何可能的情況下，女人究竟能不能在不丟女性顏面的情況下，主動表達愛意。這一切對我們而言相當愚蠢，但我們也明白，在你們的情況中，這問題可能含有嚴肅層面。因為當女人承認自己對男人的愛意時，便等同於請他來接納自己的生計負擔；很容易發現，驕傲與世故可能會壓抑心中的渴求。魏斯特先生，當你走入我們的社會時，一定準備好被我們的年輕人追問這點，他們對古人這類習慣相當有興趣。」[36]

「所以，二十世紀的女孩們會坦白自己的愛意。」

「如果她們有意願的話。」里特醫生回答。「她們再也不會遮掩自身情感，也不會隱藏對情人的感受。賣弄風騷對男女而言都令人輕視，虛假的冷漠在你的時代難以欺瞞愛人，但現在卻能徹底騙過男方，因為沒人想這樣做。」

「我能看出女性獨立後的其中一項後果。」我說。「除非出於自願，否則現在不會有人結婚了。」

「這是當然。」里特醫生回答。

「想想只有純愛聯姻的世界！天啊，里特醫生，你肯定難以理解，對十九世紀的男子來說，這是多麼驚人的現象！」

「不過，我稍微能夠想像。」醫生回覆。「但你會覺得戀愛婚姻值得慶祝這點，可能隱含了你一開始沒注意到的事。這意味著能夠為種族去蕪存菁，並保存良好性狀的性選擇原則[37]，在人類歷史上首度能不受阻礙地運作。貧困生活中的必需品，和對家園的需求，已不再誘惑女性接受自己不愛也不尊敬的男性，作為她們孩童的父親。財富與階級再也不會轉移人們對個人品格的關注。黃金不再『使愚人僵硬的前額閃爍』。[38]人的天賦、心智、與性情；美麗、智慧、口才、善良、慷慨、和藹、與勇氣，都會流傳給後人。每個世代都會篩選出比上一代更優秀的人。人性中的可敬特質會被留下，可憎的部分則被廢除。當然，還是有許多女人將欽慕混雜在愛情中，也想嫁給地位崇高的人，但這些女子也得遵從同樣的法則；因為現在所謂地位崇高的婚姻，並不代表嫁給有錢或名望的人，而是透過毅力或對人類的傑出服務，使自己的地位比同胞還要崇高的人。這些人才算得上是現代的貴族，與他們聯姻自然十分風光。

一兩天前，你談到我國人民與你同代人民相較之下的體力優勢。也許比我當時提到的種

---

36 我的經驗已驗證了里特醫生的警告。現代年輕人的情感強度，特別是年輕女性，都能大量激發在十九世紀被稱為「求愛中的怪異行為」的事。

37 譯注：sexual selection，進化生物學中的理論，認為同性別個體為了交配機會而競爭，並促進性狀演化。

38 譯注：語出英國詩人丁尼生的詩《洛克斯黎廳》（*Locksley Hall*）。

族淨化因子更重要的，是不受限制的性選擇效應，對接下來兩三個世代的品質所造成的影響。我相信，當你更了解我國人民後，你不只會在他們身上發現體質的進步，甚至還有心理與道德上的改善。沒有反而奇怪，因為不只其中一項自然法則現在能自由地強化人類，深厚的道德感也提供了輔助。在你那時代曾經是熱門想法的個人主義，不只對同胞情誼的良性情感與人類的大眾福祉有害，同樣也影響了對下一代應盡的生命責任。在今日，這股在過去從未被認可的責任感，已成為人類最偉大的道德概念之一，並佐以強烈的責任信念，也就是找尋最尊貴優秀的異性成婚的天生直覺。結果是，在我們用於發展工業、才能、天賦，與各種優越技能的鼓勵與誘因，比起我們的女性做為種族裁決者，並將自己保留給勝利者這點，並非所有誘因都比後者有效。在所有的鞭撻、刺激、誘餌與獎勵中，沒什麼比女性亮麗的臉龐更具鼓勵性，而怠惰者則會發現那些臉孔避開了自己。

現代的守貞者，幾乎都是無法在人生志業中打出成績的人。女人得非常有勇氣，還得是莫大的勇氣，因為她對其中一名不幸人士的憐憫，使自己決定抵抗同輩的意見——因為她有自由之身，並答應接受他當丈夫。我應該補充，她會發現同性的意見，在這點上更為強烈並難以抗拒。我國的女性已經徹底接下了身為未來世界守護者的責任，保護未來的鑰匙也交付到她們手中。她們在這層面上的責任感，不亞於宗教奉獻。這是她們從小便用於教育女兒的宗教。」

當晚回房後，我熬夜閱讀一本貝瑞安的小說。書是里特醫生給我的，書中情節則描繪了像他最後一段話中的情境，與現代人對父母責任的看法有關。同樣情境肯定會被十九世紀作家用於刺激讀者，對愛人們的無私感到無上同情，並對他們侮辱的無形法則感到憤怒。我不需要描述貝瑞安下筆的方向——誰沒讀過《魯思．伊頓》（*Ruth Elton*）呢？——以及他如何大力鼓吹這股原則，並說：「我們對未出世的嬰兒有上帝般的力量，而我們對孩童的責任，也與上帝對我們的責任相同。當我們擺脫對下一代的責任時，就讓上帝處分我們吧。」

第二十六章

我想，如果有人有理由忘掉當週日期的話，當下的情況便給了我最好的理由。現在的日期以五天、十天或十五天作為一週的單位，而非七天；如果有人告訴我，計算時間的方式已經完全改變的話，在我見識過二十世紀這麼多事物後，也不會為此感到驚訝。我第一次想到週間日期時，是在上一章談話後的隔天早上。吃早餐時，里特醫生問我想不想聽佈道。

「星期日了嗎？」我驚呼道。

「對。」他回答。「我們幸運地發現來自你時代的地下室時，那天是星期五。你第一次醒來是在星期六的凌晨，就在午夜之後；而你第二次帶著滿滿的體力甦醒時，則是星期天下午。」

「你們還有星期天與佈道儀式。」我說。「有人預言過，在比這時代更早之前，這兩者就都會絕跡了。我想知道神學系統如何融入你們的社會架構，我猜你們有國立教會和官方神職人員吧。」

里特醫生笑了起來，里特太太與伊迪絲看起來也相當饒富興味。

「哎呀，魏斯特先生，」伊迪絲說，「你一定以為我們很奇怪。你們在十九世紀就已排除了國立宗教設施，你覺得我們會找回那體系嗎？」

「但自願式教會和非官方的神職工作，要如何和國家擁有的所有建築，以及所有人都必須參與的工業勞役相容呢？」我回答。

「人們的宗教習慣在一世紀內有了重大改變。」里特醫生回應。「但就算宗教儀式維持不變，我們的社會系統也會完美地接納它們。國家會提供建築給任何人使用，並收取租金；只要支付租金，就能持續使用房屋。至於神職人員，如果有一群人希望某人能為他們的特殊目的服務，而非投入國家的一般勞務，一旦有了對方的同意，他們就能取得他的服務；就和我們取得編輯的服務一樣，從自己的信用卡額度中撥出補償金給國家，以彌補一般工業缺少他們服務後的損失。這項為了個人付給國家的補償金，在你的時代就等同於給個人的薪資；而這項原則的多種應用方式，使私人活動能以各種方式發揮，不受國家控制。至於今天的佈道，如果你想聽的話，可以直接前往教堂，或是在家聽。」

「我要怎麼在家聽？」

「只需要和我們在恰當時間一起去音樂室，找張舒適的椅子坐下。依然有人喜歡去教堂聽佈道，但我們的佈道儀式和音樂表演一樣，不在公共場合舉行，都在裝有特殊音效裝置的房間中，這些房間則由電纜連結到訂閱者的房屋內。如果你想去教堂，我很願意陪你去，但我不認為會比在家聽的效果好。我在報紙上看到，今天早上是巴頓先生（Barton）佈道，他也只透過電話講道，聽眾通常會有十五萬人。」

「能在這種新穎情況下聽佈道，就足以讓我成為巴頓先生的聽眾了。」我說。

一兩個小時後，當我在圖書室內閱讀時，伊迪絲來找我，我則跟著她走進音樂室，里特夫婦已經在裡頭等了。我們才剛找了舒服的位置坐下，就響起一股鈴聲，幾分鐘後，一個男人的嗓音就以正常談話的音量出現，並對我們說話，感覺就像是有隱形人在房裡。以下是這聲音說的話：

巴頓先生的佈道

「在過去一週內，有位來自十九世紀，代表我們曾祖父母時代的活生生人物，來到我們之間。如果這種驚人事蹟沒有強烈刺激我們的想像力，就太奇怪了。也許我們大多數人都曾關注過一世紀前的社會，也曾想像過活在當時的感覺。在想到這件事後，我邀請各位思考這點，也認為該聽聽你們的想法，而非轉移焦點。」

此時伊迪絲向她父親悄聲說了幾句話，他同意地點頭，並轉向我。

「魏斯特先生，」他說，「伊迪絲提到你可能會因為巴頓先生的話而感到難為情；如果這樣的話，你也不需失去聽佈道的機會。如果你想，伊迪絲就會把我們連上思維特瑟先生（Sweetser）的談話間，我保證你還是能聽到很不錯的演說。」

「不，不用。」我說。「相信我，我寧可聽巴頓先生的說法。」

「如你所願。」我的東道主回答。

當她父親對我說話時，伊迪絲碰了一個轉鈕，巴頓先生的聲音便立刻停歇。又碰了一下後，房裡再次充斥那股讓我感到十分舒適的溫和嗓音。

＊＊＊

「我認為，回朔過去使我們感受到一股效應，也讓我們對短短一世紀能為人類在物質與道德上帶來如此龐大的變化，感到相當驚奇。

不過，比較起十九世紀國內與世界上的貧窮狀況，與雙方現在擁有的財富，這股變化可能和人類歷史上其他時期狀況相同；比起我國在十七世紀殖民時代早期的貧困，與十九世紀末期累積的大量財富之間的差異，或是英格蘭在征服者威廉與維多利亞女王治權之間的比較而言，可能沒有太大差別。儘管國家當時集結的財富，無法做為評估大眾的標準，這點與現在不同；但這類範例對十九世紀與二十世紀的物質面差異，只有部分相似點。當我們思考該差異性的道德層面時，才會發現自己面臨歷史上前所未見的現象，無論我們回朔到多久遠之前的歷史都一樣。如果有人驚呼：『這一定是奇蹟！』，也不意外。儘管如此，當我們停止幻想，並仔細檢視這件天降奇事時，便會發現它一點都不神奇，更別提稱得上奇跡了。不需要認為在我們的時代之前，肯定有新生的人類道德觀出現，或是惡人徹底絕跡、只有善人倖存。從受到改變的環境對人性的反應，就能找到簡單又明顯的解釋。這純粹代表，建立於源自自私的假性自我利益、並只符合人性中反社會與野蠻層面的社會模式，已經被奠基於真正自我利益的理性非自私心態的體系取代，也呼應了人性本質中的社會性與慷慨層面。

朋友們，如果你們想看十九世紀的人們如何對待獵物，只需重置往日的社會與工業體系，這些系統教導人們將彼此視為獵物，並在他人的損失中獲利。你們肯定認為，無論事情有多麼糟糕，也不需讓你靠自己的優越技巧或能力，從同樣有需求的其他人身上巧取豪奪以供維生。但假設你們不只要為自己的生計負責，我非常清楚，如果只是自己的性命受到威脅，在我們的祖先之中，有很多人寧可犧牲生命，也不願因此搶奪他人的維生物品。可是他們不能這麼做，有許多重要的人仰賴自己。男性在當時也像現代一樣愛慕女性，天知道他們怎麼敢成為父親，但在對待自己的嬰孩時，肯定像我們一樣愛護自己的孩子；他們也得讓孩童吃飽穿暖，並接受教育。當有幼兒需要照顧時，最溫和的生物也會變得兇悍；而在那弱肉強食的社會中，為生存奮鬥使最溫和的情感染上了一層拚死一搏的色彩。為了依賴自己的人，男人別無選擇，只能投身躍入死鬥中——作弊、過火行為、奪權、詐騙、買低賣高、破壞鄰人用於扶養自己幼兒的生意、誘使他人購買不該買的物品，並販賣自己不該賣的東西、壓榨手下勞工、逼迫欠自己債的人，與欺瞞債主。儘管男人眼眶泛淚地工作，但除了壓迫某些弱勢競爭對手、並將食物從對方嘴邊搶走以外，卻很難找到能同時維生與養育家庭的工作。即使是神職人員，也逃離不了這種殘忍的必要行為。儘管他們要信眾遠離對金錢的貪愛，對家人的關心依然迫使他們關注自身職業帶來的金錢獎勵。可憐的人們呀，他們的生活確實相當艱辛，得對人們提倡慷慨與無私的精神，而在當時世界的氛圍下，神職人員和所有人都明白，實踐這類精神的人都會陷入貧困；他們還得倡導合作法則，而自保原則卻迫使人們打破前者。觀察這些毫無人性的社會現象時，這些賢者們悲苦地對人性的墮落發出嘆息；彷彿天使般的性格不會在魔鬼的地盤中受到腐化！啊，朋友們，相信我，其實並非當今的快樂時代證明了人性中的神性。在當年的惡劣時期中，即使沒有彼此為生存競爭，為了保命所做出的奮鬥，也能徹底抹滅世上的慷慨與良善，而憐憫則成為了愚行。

當我們了解當年的貧困狀況，就不難明白這些在其他情況下溫和又充滿同情心的男女，會在絕望之下，為了金錢自相殘殺。身體面對的是飢渴、炙熱與酷寒、受人忽視的病痛，與無止盡的健康問題；道德天性面臨壓迫、輕視、耐心忍受不公、從小承受的粗鄙行徑，與失去童年純真、女性優雅、和男性尊嚴；心智面對的，則是無知帶來的死亡，使我們與野獸做出區隔的特點萎靡不振，與使生命矮化為單純的身體機能運作。

啊，朋友們，如果這種命運，成為你們和自己孩子們累積財富的唯一方式，你們覺得需要多久，自己的道德水準才會墮落到祖先們的標準？

大約兩三個世紀之前，印度發生了一件暴行，儘管只犧牲了幾十條性命，隨之而來的恐怖事件，則在大眾心中烙下永恆的印象。一群英國犯人被關在空氣不夠供應十分之一數量犯人的小房間內。這批不幸人士都是英勇的人，也是勤奮的同袍；但當窒息的痛苦開始控制他們時，他們便遺忘了一切，並陷入激烈的爭鬥，每個人為了求生而攻擊彼此，想擠到牢房其中一道小裂隙，只有在這道縫隙旁能吸到空氣。在這場鬥爭中，人類化為禽獸，而少數生還者所敘述的恐怖情景震驚了我們的先祖，以至於一世紀後，我們在他們的文本內發現該事件經常被用於描繪人性困境造就的極端可能性，在道德與生理上都令人相當驚恐。他們很難預料到，加爾各答黑洞[39]中的瘋狂人群踐踏與拉扯彼此，努力想鑽到呼吸孔旁的景象，對我們而言正是祖先時代的社會縮影。不過，它並非完整的社會形象，因為加爾各答黑洞中沒有老弱婦孺，也沒有殘疾人士。受苦的囚犯們都是強健的男人。

當我們回想，我剛剛提及的古老體系一直到十九世紀末依然十分風行，而對我們而言，接續該體系的新秩序早已形同骨董，就連我們的父母都不認識這種古代系統時，我們便不應

39　譯注：Black Hole of Calcutta，十八世紀位於孟加拉的土牢，用於囚禁英國戰俘。

對人類歷史上前所未見深奧劇變的速度感到訝異。不過，一觀察十九世紀最後四分之一時期的人心狀態，便能大量緩解這股震驚感。儘管當時任何社群都不可能擁有現代的普遍智慧，但比起之前的世代，當時的階段確實聰明不少。即使是這種相對智慧水準，所催生的後果就是令人察覺到社會上的惡劣情況，已變得前所未見的普遍。這類惡事確實已變得比之前的時代更糟。大眾增長的智慧造成了變化，就像黎明照亮了周圍的醜惡狀況；在黑暗中，這種狀況可能讓人還足以忍受。當代文學的基石來自對窮人與不幸人民發出的憐憫，與對社會體系在改善人類苦難時的失敗發出的不平之鳴。從這些聲浪看來，苦難引發的道德醜陋面儘管只讓人稍微瞥見，卻被當代最高尚的人士徹底洞察，而某些個性更為纖細與善良的人，則因強烈同情而感受到無法忍受的痛苦。

儘管有四海皆一家的概念，但眾人皆同胞的現實，對他們而言卻還不是道德準則，這點和我們不同；但不應該認為他們對此沒有相對反應。我能唸幾段來自他們最佳作家筆下的段落給各位聽，這些段落顯示少數人確實理解了這種概念，許多人應該也懂。再來，別忘記十九世紀只維持了名義上的基督教，而社會上整體商業與工業架構正好代表了反基督教精神，不過我承認這對耶穌基督名義上的信徒們來說有些奇怪。

當我們問道，為何大多數人明知當下社會結構中的虐待行徑，卻依然忍受下來，或自滿於談論無足輕重的改革時，我們就明白了一件事。連當代最優秀的人，都深信人性中最糟糕的傾向，是人性中唯一穩定的因素，能順利建立社會體系。他們受過相關教育，相信貪婪與私利是維繫人類的要件，而如果這些動機被磨平、或是在應用上遭到打壓，那所有人類關係都會崩壞。簡而言之，他們相信的事情——持相反信念的人亦然——恰好與我們覺得相當明顯的道理完全相反；他們相信，人類的反社會特質是促使社會穩定的要素，而非社會性特質。他們覺得合理的是，人類彼此同居，只是為了打敗並壓抑彼此，與遭受他人的打壓與壓迫；而當支持這些行為的社會持續存在，就很難讓奠基於為大眾福祉而合作的社會出現。很難有人會相信這類想法曾經有人認真考量過；但不只是我們的曾祖父有這種想法，這些概念也導致舊秩序拖了很久才被棄置，一直到社會上令人難以忍受的凌虐行為變得眾人皆知；這件事和其他歷史事蹟一樣真實。在這裡，你們會發現對十九世紀末期文學中的沉重悲觀性質、詩文中的抑鬱，與幽默中的諷刺的解釋。

由於感到人類的生活條件變得難以忍受，他們便失去了改善生活的希望。他們相信，人類的進化已經跌進了死胡同，也沒有改進的方向。此時人類心智的架構在文獻中記載下來，並流傳到我們的時代，目前在我們的圖書館中也都能供好奇的讀者借閱；文獻中的觀點努力想證明儘管人心險惡，透過某些考量上的少數優勢，生命還是值得度過，而非離開。輕視自己的人，也開始輕視造物主。當時的宗教信仰開始變弱，蒼白又濕潤的光線從天空中撒下，被質疑與畏懼遮蔽，並照亮了世上的混亂。當人們懷疑以吐息賜予他們生命的上帝，或害怕塑造他們形體的上帝雙手時，這對我們而言便是種令人同情的瘋狂行為；但我們得記好，在白天態度勇敢的孩童，有時在夜晚會愚蠢地感到害怕。從那時開始，黎明已然降臨。在二十世紀，很容易相信天父。

在討論這項特點時，我短暫注意到部分讓人們的心智準備好面對從舊秩序到新秩序這段過程的改變因子，以及一些催生保守主義的因素，這類因素在時機成熟後，有陣子阻礙了進步的發展。在首度認為改變可能發生後，如果有人對改變進行的高速感到訝異的話，便是忘了對長久以來習慣絕望的心靈而言，希望能帶來多麼誘人的效果。在漫長又黑暗的夜晚後，陽光必然會帶來炫目的效果。一旦人們開始相信人性不該受到矮化，以及低落的人性並非最終的發展狀態，反而豎立在能夠無限發展的精神化身上頭時，他們的反應肯定相當激動。顯然，沒有任何事物能打壓新信仰帶來的熱忱。

這時人們終於察覺到，就連最偉大的歷史因素與這股因子比較起來，都相形見絀。肯定是由於這種想法能操縱上百萬名烈士，卻不需要任何人赴死。舊世界中自私王國裡的王朝經歷改變時，害死的人命數量比人類終於踏上正途時發動的革命多上更多。

享受我們那輝煌時代帶來的生活優勢之人，自然不會希望自己過上別種命運，但我經常覺得，我相當樂意用自己在這寧靜黃金時代中的生活，交換那狂亂變革時代中的一席之地，當時的英雄們衝破了封閉的未來大門，並為毫無希望的種族帶來一絲光芒；原本阻礙了通道的空白大牆，一片寬敞的遠景延伸出去，盡頭充滿令我們感到炫目的強烈亮光。啊，我的朋友們！即使是最弱的影響，都能成為使未來世代顫抖的槓桿；誰說經歷過當年的時代，就不配活在當今的豐收年代呢？

你們很清楚血流得最少的，最後一場大革命的故事。在一個世代之內，人們就放下社會傳統與野蠻行徑，並接納了理性人類該有的社會秩序。消弭了掠食者習性後，他們便成為共事者，並立刻在財富與幸福中發現了同袍情誼。『我該吃喝什麼，又該穿什麼？』是個開頭與結尾都只有一半的問題，過去也曾是令人擔憂的無盡議題。但一等這問題不由個體角度發出，而是從團體觀點檢視時：『我們該吃喝什麼，又該穿什麼？』的困難就立刻消失。

對人類族群而言，企圖用個體角度來解決生計問題，總是會導致伴隨奴役而來的貧窮；但國家一變成唯一的資本家與雇主時，不只由豐收取代貧困，最後一絲人類奴役習慣也被徹底消滅。難以根除的奴隸體制終於被殲滅了。維持生計的方式再也不是男人付錢給女人、雇主付錢給員工，或富人付錢給窮人，而是由國庫支出，就像在父親的餐桌邊吃飯的孩子們，再也沒有人能利用同胞謀利。從此，尊嚴是他唯一的獎勵，人類彼此的關係再也沒有傲慢與奴性。自從創世紀以來，全體人類首次在上帝面前充滿自信地挺立。當所有人都能得到豐饒生活，也沒人能取得過多財富時，對需求的畏懼與對利益的欲求便從世上消失。再也沒有乞丐與救濟人員了，平等使慈善事業失去必要性，缺乏對剽竊的誘惑，也不會因恐懼或利益而撒謊；由於眾人皆平等，於是忌妒不可能存在，而當人們缺乏傷害彼此的力量時，也難以催生暴力。在這樣的世界中，十誡也失去了效用。人類受多人嘲笑的古老夢想：自由、平等、博愛，終於成真了。

在舊社會中，擁有慷慨、正直、與溫和品行的人受到世人冷落，而在現代，冷酷、貪婪、又自私的人也得到同樣的待遇。由於生活條件首次不再培養投射出人性中的殘忍性質，而在過去催生自私心態的額外財富不只遭移除，還重置於無私行為上，於是人性未受汙染的純潔本質首度綻放開來。之前蔓延過度、並大幅阻礙良善的卑劣傾向，現在就像是在流動空氣中枯萎的閣樓蕈類，高貴的特質則忽然嶄露光輝，讓厭世嫉俗的人成為歌頌者；這是人類在史上首次想愛上自己。舊世界的先知與哲學家們從未相信過的事，很快就顯露出來：人性的基礎特質是善良，而非惡劣；人的天性慷慨，而非自私；充滿憐憫，而非殘酷；同情滿溢，而非傲慢；並充滿神明般的靈感，與最神聖的溫和態度和自我犧牲精神。這些確實是上帝的意象，而非拙劣的模仿行徑。無數世代以來的生活條件改變，可能腐化了天使，卻無法改變人類血統中的高貴天性；一旦移除了這些條件，人類就像被折彎的樹般，迅速彈回原本的直挺高度。

要將整件事用簡短寓言說明的話，讓我將古人比喻為被種在沼澤的玫瑰叢，受到黝黑的沼澤汙水灌溉，白天吸入瘴氣迷霧，夜晚則沾附了冷冽的有毒露水。無數世代的園丁盡力使它開花，但它只偶爾長出半開的花苞，花心還有蟲子，使他們的努力化為烏有。的確，許多人宣稱這叢植物並非玫瑰，只是有毒的灌木，只配被連根拔起並燒毀。不過，大多數園丁認為這叢灌木是玫瑰的一種，但含有某種無法抹滅的缺陷，使花苞無法發芽，也造就了植物的整體病態。有些人堅持樹種相當良好，問題在於沼澤，只要有更良好的生長環境，這株植物的表現就會更好。但這些人並非一般園丁，園丁們也譴責這些人是理論家和幻想家，大多人也這麼看他們。再者，有些聲名顯著的道德哲學家也聲稱，即使同意這株灌木可能在別處能發展地更好，讓花苞試圖在沼澤中成長，反而比讓它在良好環境中長大，更是一樁寶貴經驗。成功開花的花苞也許非常稀少，花朵也蒼白且無香味，但比起在花園中同時長出的花苞，這些沼澤花苞則代表了更強的道德努力。

一般園丁與道德哲學家的做法受到採納，灌木叢繼續在沼澤中紮根，待遇也一如往常。根部持續施加新配方與混和藥物，加上無數的解藥，每種配方的支持者都宣稱該藥為最佳且唯一恰當的解決方案，能用於消滅害蟲並除去黴菌。這過程持續了很久，有時某人聲稱發現灌木叢外觀有些微改善，但也有很多人說，它的狀況看起來比以前差。整體而言，並沒有出現任何顯著改變。最後，在大眾對灌木的未來感到沮喪之際，移植它的想法再度受到討論，這次則得到了支持。『讓我們試試看。』大多人這樣說。『也許它在別的地方能長得更好，如果留在這裡，成功培養它的機率太小了。』於是代表人類的灌木叢被移植到別處，種在溫暖又乾燥的土壤中，受到太陽照射，星辰也閃爍其上，南風則輕撫它。接著它證明自己確實是玫瑰叢，害蟲與黴菌都消失了，灌木叢則被美麗的紅色玫瑰包覆，香味飄滿了世界。

這是我們命定的承諾；造物主在我們心中置入了無限的成就感，使我們的過往成就總是變得微不足道，也從未靠近目標。如果我們的祖先們創立了使人們以同胞身分同居的社會，大家團結地住在一起，沒有爭端與妒意、暴力或逾矩行徑；而在勞動價格不比健康需求貴的社會中，當選擇職業後，人們應該像是由永不斷源的溪流灌溉的樹木般，對明日不再感到擔憂，也不再擔心自己的生計——假若他們想出了這種社會，對他們而言就宛如樂園。他們可能會把現實與天堂的概念搞混，也不認為之後還有需要自己奮鬥取得的事物。

但為何我們才是他們仰望的對象？除了像現在一樣回朔過往以外，我們已經遺忘了人性並非從未改變。想像我們祖先的社會架構，會對我們的想像力造成限制。我們覺得他們相當醜惡，解決生計問題的方式能消弭憂心與犯罪，並將我們視為最終目標，但整體只像是人性的初步進步。我們只是放下了不敬又無止盡的騷擾行為，那使我們的祖先無法活出真正的生活。我們只是剝除了人類身上的無助之物；再也不會這樣了。我們就像剛學會站直走路的孩童，從孩童的角度來看，首度走路確實是大事。也許他會認為，沒有比走路更厲害的成就了；但一年後他就忘了自己不會永遠走路。他的世界觀隨著每次甦醒而擴張，也隨著移動而變大。從某種角度來看，他的第一步確實重大，但那只是開頭，而非結尾，他真正的事業才剛開始而已。人類上世紀經歷的解放，來自精神與身體對物理必需品以外的勞動與思考，能被認為是人類的第二次誕生；少了它，人類的首度誕生就只是永遠無法受到認同的負擔，但現在它已經受到認同了。從那之後，人類就進入了全新的精神發展階段，這是更高等能力的演化，我們的祖先也鮮少認為人性中存有這種事。取代十九世紀的無助感，與它對人類未來抱持的深刻悲傷情懷的，是生氣蓬勃的現代；它代表了我們的凡世生命所帶來的樂觀機會，與人性的無限可能。人類每世代的演進，無論在體質、心理、與道德上而言，都是極度值得自我犧牲的偉大事物。我們相信人類首度踏入了上帝的理想之中，每個世代現在都已往上邁進了一步。

你們問，當無數世代逝去時，我們該找尋什麼？我回答，正道在我們頭頂延伸，但盡頭消失在光線中。當內心中隱藏的神聖奧秘受到解放時，就使人類回到『身為我們家園』的上帝身邊時出現兩種意義：透過死亡進行的個體回歸，與透過演化成功促成的種族回歸。我們為黑暗的過去留下一滴淚，接著轉身面對炫目的未來，並用手遮住眼前的光芒，向前邁進。人類漫長又衰敗的冬天已然結束，夏日才正要開始。人類已破繭而出，天堂就在眼前。」

第二十七章

在過往生活中的週日下午，我特別容易變得感傷，但我從來不懂原因；當下所有的生命色彩似乎都黯淡下來，一切也變得相當無趣。原本能輕易度過的時光，卻變得沉重，得全力將它往前拖。也許部分原因，是因為儘管生活情況徹底改變，我卻陷入了深沉的憂鬱中，因為這是我在二十世紀度過的第一個星期天。

不過，當下的憂鬱並非毫無來由，也不是我剛提及的模糊鬱悶感，而是由當下處境引發的感受。巴頓先生的佈道持續提及我過往時代與目前新時代之間龐大的道德鴻溝，更凸顯了我的寂寞感。儘管語氣溫和又充滿哲理，他的話語卻在我心頭留下混和了憐憫、好奇與躲避感的強烈印象；作為恐怖時代的代表人物，我肯定會讓周遭人物激起這類情感。

我從里特醫生與他家人身上感受到的強烈善意，特別是伊迪絲的好心態度，使我無法完全察覺他們對我真正的心態，必然與他們的世代相似。一想到這點，儘管會痛苦，但我能忍受里特醫生和他太太這樣想；不過想到伊迪絲也與他們有同感，我就無法承受。

這種壓力呈現出某種遲來的領悟感，使我完全注意到一件讀者可能已猜到的事——我愛上了伊迪絲。

這樣很奇怪嗎？當她的雙手將我從瘋狂的漩渦中拉出來時，我們之間的親密感就萌芽了；她的同情，是讓我在這新生活中落腳並逐漸適應它的重要助力。我習慣將她視為自己與周遭世界的中間人，而非她父親——這些事注定導向了一個結果，而光靠她可愛的人格與天性，就能有同樣的效果了。既然我突然明白自己已開始享受的希望有多愚蠢，感受到的便不只是情人的痛苦，還加上令人絕望的寂寥，與徹底的孤獨；儘管其他陷入愛情中的人也覺得悲傷，卻不可能感受到這股寂寥。

東道主們明顯感受到我的心情低落，便努力想轉移我的注意力。我能看出伊迪絲對我感到特別焦慮；我曾一度希望能從她身上得到更多，但按照情人間常見的彆扭性情看來，現在我從她身上察覺到的唯一情感，就只有憐憫了。

接近傍晚時，花了大半個下午躲在房間中的我，走進花園裡散步。天空一片灰濛，溫暖又靜謐的空氣中有種秋天的氣味。走近挖掘處時，我便踏進地下房間內，並坐了下來。「這裡，」我對自己低語，「是我唯一的家。讓我待在這裡，不要再出去了。」由於想從熟悉的環境中找尋安慰，我打算透過回味過往，和回想昔日生活中的人物臉孔，讓自己得到某種悲哀的慰藉。此舉毫無意義，這些形象已不再擁有生命力。近一百年來，星辰照耀在伊迪絲·巴萊特，以及我所有同輩的墳上。

昔日已死，被一世紀的重量壓垮，我則無法踏進現代。我無處可歸。我不算死去，卻也沒有踏實地活著。

「請原諒我跟著你。」

我抬起頭來。伊迪絲站在地下房間的門口，微笑地看著我，但眼中卻充滿了帶有同情的焦慮感。

「如果我打擾到你了，我就離開。」她說。「但我們觀察到你相當低落，你也答應過，如果發生這種事，一定要讓我知道。你沒有守約。」

我站起身並走到門邊，試著露出笑容，但我猜效果非常差，因為一看到她的美貌，就使我更意識到自己的悲慘。

「我只是覺得有點孤單而已。」我說。「妳沒想過，我的處境是人類史上前所未有的孤獨嗎？應該要發明新字來描述這種感覺。」

「噢，你千萬不能那樣說——別這樣想——絕對不行！」她眼眶泛淚地驚呼道。「我們不是你的朋友嗎？如果你不願意接受，就是你自己的問題。你不需要孤獨一人。」

「你們對我好的程度已超乎我的理解，」我說，「但妳不覺得我清楚那只是憐憫嗎？憐憫是很甜美，但也僅只於此。我就是笨蛋，我對你們而言，不可能和你們同世代的人相同，反而像是來自未知時代的迷途生物，儘管外表醜惡，我的孤獨感卻觸動了你們的同情；如果我看不出這點，就太笨了。你們太善良了，我則愚蠢到忘了現實狀況，還覺得自己會像我們以前的說法一樣，遲早能適應這時代，讓自己能感覺像你們之一，或是讓你們覺得我像現代人。但巴頓先生的佈道讓我明白這想法有多不實際，以及我們之間的代溝對你們來說有多大。」

「那場糟糕的佈道！」她驚呼道，並飽含同情地哭了出來。「我不要你聽那場佈道。他有多了解你？他只是在積滿灰塵的舊書裡讀過你的時代罷了。你為何要在乎他，還讓自己被他說的話影響？當認識你的我們有不同感受時，你不覺得有意義嗎？比起從未見過你的他，你反而不在乎我們對你的想法嗎？噢，魏斯特先生！你不明白當我看到你如此孤獨時，會有怎麼樣的感受。我受不了了。我該對你說什麼？我該如何說服你，我們對你的實際情感，和你的想像有多大不同？」

像之前我生命發生危機時一樣，她充滿溫情地向我伸出雙手，而我也和當時一樣握住她的手；她的胸口因強烈情緒而起伏，她在我手中的手指傳來的細小顫動，也強調了她的感受有多深。在她臉上，不斷抗拒的憐憫逐漸化為烏有。女性的同情心從未有這麼美的化身過。這樣的美麗與良善融化了我，而唯一合理的回應，就是把真相告訴她。我當然不抱持一絲希望，但我不怕觸怒她，她的同情感太強了。於是我說：「如果我不滿於妳對我從以前到現在所表示的好意，就太不知感恩了。但妳看不出這樣不夠讓我開心嗎？妳不知道是因為我愛上妳了嗎？」

聽到我最後一句話時，她立刻臉紅，目光也隨之下垂，但並沒有把雙手從我手中抽回。她呆站了一會，微微喘著氣。接著她的臉變得更為通紅，卻多了一抹亮麗的微笑，並抬起頭來。

「你確定看不清現實的人，不是你嗎？」她說。

她只說了這句話，但也已經夠了，因為儘管十分不可思議，但我還是明白了；這名來自黃金時代的美麗女孩，不只給了我憐憫，還對我付出了愛情。不過，即使將她擁入懷中，我依然有些覺得自己產生了幻覺。「如果我逾矩了，」我喊道，「請讓我繼續吧。」

「你才覺得我逾矩吧。」她喘息道，當我還沒嘗到她甘美的雙唇前，她就掙脫了我的懷抱。「噢！噢！當我對剛認識一週的男人投懷送抱時，你會怎麼看我？我並不想讓你這麼早發現，但我為你感到難過，忘了自己在說什麼。不、不，直到你知道我是誰前，你不能再碰我。在那之後，先生，你得向我誠懇地致歉，因為你以為我太快愛上你了。等你清楚我是誰後，你就得承認，我註定會對你一見鍾情，沒有其他女孩能這樣做。」

如同各位的預料，我已經習慣延後獲得解釋，但伊迪絲堅持直到她證明自己的感情並非過於急躁之前，都不能有任何親吻舉動，我則樂得跟著這謎一般的美女走進屋內。走到她母親身邊後，她在母親耳邊悄聲說了幾句話，隨即跑走，丟下我和她母親兩人。儘管直到目前我已經歷過許多奇異事件，我現在得知的事，或許才最為特異。里特太太告訴我，伊迪絲是我已故愛人伊迪絲．巴萊特的曾孫女。在為我哀悼十四年後，她嫁了個好人家，並留下一名兒子，也就是里特太太的父親。里特太太從未見過她祖母，但聽說過不少關於她的事，當自己的女兒出生時，就將女兒命名為伊迪絲。這件事可能增加了那女孩對祖先的興趣，特別是曾祖母原本要嫁的情人那段悲劇故事，對方在房屋大火中死亡。這是個容易使抱持浪漫情懷的少女感到悲傷的故事，再加上她身上也流著故事中不幸女主角的血，自然加深了伊迪絲對此的興趣。家族傳承物中也有張伊迪絲．巴萊特的肖像，和她的部分文件，包括一疊我寫的信。圖畫中的年輕美女，非常容易使人想像出各種柔和風情與浪漫事物。我的信讓伊迪絲能約莫想像出我的個性，兩者都使祖先的老故事對她來說更顯真實。她常會半開玩笑地告訴父母，直到她找到像朱利安．魏斯特這樣的愛人前，她不會結婚，而現代已經沒有這種人了。

這一切自然只是少女的白日夢，她的內心從未經歷過愛情，這件事原本也不會有嚴重的後果，直到那天早上在她父親的花園發現地下房間，以及房客的身分。因為當看似毫無生命的軀體被搬入房屋內時，大家立刻認出對方胸膛上小墜子裡那幅畫像中的人物是伊迪絲．巴萊特；靠著這點，加上其他因素的連結，他們便得知我就是朱利安．魏斯特。即使我沒有復甦，一開始也沒有人預見這事會發生，里特太太說她相信這件事必然對她女兒終生造成顯著影響。在某種命運的巧妙安排下，她和我的人生交會；這種念頭對任何女子都有著難以抗拒的吸引力。

她母親說我得自行判斷，究竟是在我甦醒幾小時後首度看見我時，或首度向她投以特殊依賴感，而她的陪伴也為我帶來慰藉時，她才立刻投以愛意。如果我這樣想的話，我也得記住，這畢竟是二十世紀，不是十九世紀，現在愛情肯定增長得快多了，也比古代表達地更明確。

離開里特太太後，我去找伊迪絲。一找到她，就先握住她的雙手，並花了很長一段時間端睨她的臉龐。當我盯著她看時，關於另一名伊迪絲的回憶，原本被我倆分離的沈重經歷所帶來的衝擊和壓抑，則重新清醒過來，我的心也擠滿了溫和又充滿同情的情緒，但同時也充滿了幸福。因為為我帶來強烈失落的她，居然也使失落轉為美好。伊迪絲．巴萊特彷彿從她眼中注視著我，並對我露出充滿慰藉的微笑。我的命運並非最為奇特，但卻是最幸運的。我碰上了雙重奇蹟，我並非獨自一人飄盪在這陌生世界的岸邊。使我寬心的是，原以為早已失去的愛人，居然轉世到我身邊。最後，在一股充滿感激的溫柔喜悅下，我將這名可愛女孩擁入懷中，兩名伊迪絲在我心中合而為一，從此她們再也沒有清晰的界線。不久後我發現，對伊迪絲而言，兩者間也有身分模糊的問題，從來沒有比那天下午我們倆的聊天內容，還要怪異的新任情侶對話。比起提她自己，她更希望我提伊迪絲．巴萊特，關於我愛她祖母的程度有多勝過愛她，並以淚水、溫和的笑容，與手掌的緊握，來鼓勵我稱讚另一名女子。

「你千萬不能為了我，而給了我太多愛。」她說。「我會為她感到吃醋。我不會讓你忘了她。我要告訴你某件事，你可能會覺得奇怪。你相信有時靈魂會回到世上，完成某些掛心的事嗎？萬一我告訴你，有時我覺得她的靈魂活在我體內呢——伊迪絲．巴萊特才是我的真名，不是伊迪絲．里特。我不知道；當然我們都無法確認自己真實的身分，但我感覺得到。你能想像我這種感受嗎？在你出現之前，我的生活就受到她和你影響。所以，只要你真心愛她，就不須擔心愛我這件事，我不會吃醋的。」

里特醫生那天下午出門，我之後才有時間和他會談。很明顯，他早就準備好面對我說出的訊息，並愉快地握了我的手。

「在任何正常情況下，魏斯特先生，我會說這件事進展太快了；但這並非尋常事件。坦白說，也許我該告訴你，」他微笑著說，「儘管我開心地同意這件安排，你也別覺得對我有所虧欠，因為我認為自己的認同只是個形式。我想，從小墜子的祕密被發現時，這一切就註定好了。嘿，如果伊迪絲沒履行她曾祖母的承諾的話，我想里特太太對我的忠誠度就會大打折扣了。」

當天晚上的花園被月光籠罩，伊迪絲和我則在花園裡散步到午夜，試著習慣我們倆之間的快樂。

「如果你不在乎我的話，我該怎麼辦？」她驚嘆道。「我很怕你不在乎。當我覺得該把自己奉獻給你時，我又該怎麼辦？一等你甦醒，我就感到彷彿她要我為你擔任她無法扮演的角色，但前提是你得允許我。噢，那天早上我有多想把自己的身世告訴你，當天你覺得在我們之中過得很苦，但我不敢提這件事，或讓爸媽——」

「妳不讓妳爸說的就是這件事！」我驚呼道，一面回憶起自己剛從長眠中甦醒時聽到的對話。

「當然了。」伊迪絲笑了起來。「你剛剛才猜到嗎？身為男人的父親，認為把我們真實的身分告訴你，會讓你感覺身處在友人之間。他沒考慮到我，但媽媽明白我的意思，所以我得逞了。如果你當時就知道我是誰的話，我會永遠不敢正眼看你，那樣彷彿太過大膽地向你求愛了。我稍早就怕你今天會這樣想，我確定那並非自己的本意，因為我知道你那時代的女人得隱藏自身情感，我也很怕嚇到你。哎，得把自己的愛意掩飾為錯誤，對她們來說一定很苦。她們為何覺得在得到允許前就愛人是種恥辱？等待戀愛許可實在太奇怪了。是因為昔日的男人在女人愛自己時會生氣嗎？我相信，那不是現代男女會做的事，我一點都不明白。在與你那時代女性相關的奇妙事物中，你得跟我解釋這點。我不相信伊迪絲．巴萊特和其他人一樣蠢。」

在我們嘗試各種無效的分別方式後，她終於堅持我們得互道晚安了。我正打算在她的唇瓣上留下最後一吻，她卻以難以形容的狡猾口吻說：

「有件事讓我心煩。你確定自己原諒伊迪絲．巴萊特嫁給別人了嗎？流傳到我們時代的書本，形容你那時代的情人擁有的醋意多過愛情，所以我才這樣問。如果我能確定，你一點都不嫉妒我曾祖父娶了你的心上人的話，我就會安心許多。等我回房後，可以向我曾祖母的肖像說你已經原諒她不忠了嗎？」

讀者能相信嗎？自從里特太太告訴我關於伊迪絲．巴萊特的婚事後，我便些微感受到類似妒意的痛楚；無論這股風騷十足的俏皮話是不是她的本意，都觸及並治癒了那股心痛。即使當我抱住伊迪絲．巴萊特的曾孫女時，一直到這刻前，儘管我們之間有些情感相當沒有邏輯，我也都沒想過，要不是因為那場婚事，現在就不可能有這種場面。這股荒謬念頭消失的速度，和伊迪絲不羈的問題將我心中迷霧清除的速度一樣快。當我吻她時，也笑了出來。

「妳可以向她保證，我已經徹底原諒她了。」我說，「不過，如果她嫁給妳曾祖父以外的男人，事情就完全不同了。」

當晚回房時，我沒有打開音樂聽筒，在睡前聽放鬆的音樂已經成了我的習慣。這是頭一次，我的思緒編出了比二十世紀音樂還更美妙的樂曲，也使我一路開心到早上，才陷入沉睡。

第二十八章

「離你要我叫醒你的時間，已經有點晚了，先生。你沒像之前那麼快從催眠中醒來。」

那是我的僕人索伊爾的嗓音。我立刻從床上起身，並四處張望。我在地下房間中。吊燈溫和的光線照亮了熟悉的牆面和家具；當我待在房裡時，總會點亮這盞燈。索伊爾站在我床邊，手裡拿著一杯雪莉酒，那是菲爾斯伯里醫生為我在催眠後甦醒時準備的處方，那能使我麻痺的身體機能復甦。

「最好先喝下這杯酒，先生。」他說，我則眼神迷茫地盯著他。「你看起來有些激動，先生，你需要這個。」

我吞下酒液，並開始明白到底發生了什麼事。真相顯而易見，二十世紀的一切只不過是場夢。我只是夢見了那批受到啟蒙的自由民族，以及他們無比簡單的制度，和華麗的新波士頓，與城市裡的弧形屋頂與柱子、花園與噴水池，與相當普及的舒適感。與我熟識的可愛家族，我溫和的東道主與導師里特醫生、他的妻子，與他的女兒，也就是更美麗的第二名伊迪絲，同時也是我的未婚妻——這些也只不過是想像中的一部分。

當我了解這件事時，便有很長一段期間都維持相同的姿態，坐在床上盯著半空中，腦中迴盪著我神奇經歷中的各種景象。被我行為嚇到的索伊爾，連忙緊張地詢問我究竟怎麼了。終於被他那焦急糾纏喚回神的我，這才注意到周遭事物，並努力打起精神，向忠僕表示我沒事。「我只是做了場很特別的夢，索伊爾，」我說，「非常特別的夢。」

我機械式地穿上衣服，感到頭腦昏沉，也不太確定自己的存在，並坐下來吃索伊爾準備的咖啡與麵包捲；他習慣在我離家前先準備這些餐點。盤子旁擺了晨報。我拿起報紙，目光落在日期上：一八八七年五月三十一日。從我睜眼開始，我就明白自己在另一個世界的漫長經驗只是一場大夢，但發現自從我入睡後，世界其實只過了幾小時，看到這種直接證明，還是讓我感到相當震驚。

望向報紙頭版大略介紹了當日新聞的目錄時，我讀到了下列綱要：

＊＊＊

外交事務：法國與德國間即將爆發的戰爭。法國議會申請新的軍事費用，以對抗德國增長的軍費。全歐洲都被捲入戰爭的可能性——倫敦失業者的苦難。他們要求工作。大型抗爭即將發生。政府感到不安——比利時發生大型罷工。政府準備打壓抗爭。在比利時礦坑中工作的女孩們的驚人真相——愛爾蘭的大規模驅逐事件。

國內事務：詐欺風潮鼎盛。紐約發生五十萬件挪用公款案件——受託人盜用信託基金。孤兒們身無分文——銀行出納員的狡猾偷竊計畫；五萬美金被盜——煤礦大亨決定提高煤炭價格，並降低產量——芝加哥投資者壟斷大麥市場——某集團強制提高咖啡價格——西方組織大量收購土地——芝加哥官員驚爆貪汙。系統性賄賂——貪贓市議員將在紐約受審——大量商行倒閉。民眾害怕商業危機發生——大量竊案與非法侵占案件——紐哈芬（New Haven）某女子因為金錢而被冷血殺害——本市昨晚有某位住戶遭竊賊射殺——伍斯特（Worchester）某男子因無法找到工作而自殺。大家庭因此陷入貧窮——紐澤西一對年長夫妻因不願搬入收容所而自殺——大城市中女性勞工的可憐貧困狀況——麻塞諸塞州文盲人數增長——需要更多精神病院——先烈紀念日演說。布朗教授（Brown）講述十九世紀文明的道德成就。

＊＊＊

我確實在十九世紀甦醒，這點毫無疑問。當天新聞綱要描繪的社會縮影，顯示出愚不可及的自我滿足。在看過對這世紀如此強烈的譴責後，一天中全世界的殺戮、貪婪和暴政，就足以引發梅菲斯托費列斯[40]般的譏諷心態；所有今天早上讀過報紙的人之中，我可能是唯一了解這股諷刺來由的人，但昨天的我則與大眾擁有相同的觀點。那股怪夢點出了所有差異。因為我不知道在多久後，自己再度忘卻了身邊的一切，又踏進了那處鮮明的夢幻世界，在那座華麗的城市中，以及它舒適的住家和優美的公共建築。我周圍再度充滿了未受傲慢或奴性、妒意或貪婪、焦慮的擔憂或狂熱的野心所玷汙的臉孔，與從未害怕過同胞、或得靠對方維生的高貴男女，他們總是像那股仍在我耳邊迴盪的佈道內容所說的，「在上帝面前站得筆直。」

我沉沉地嘆了口氣，心中充滿難以彌補的失落感，這種感覺並不只因那世界從未存在而變弱；最後，我從幻想中回神，之後迅速離開家中。

在我家門與華盛頓街之間，我得停下腳步，穩住自己好幾次；夢中的未來波士頓那股影響力太過強大，使得現代波士頓看來十分怪異。從我一踏上街頭開始，城裡的髒亂和臭味就令我感到震驚，而以前我從未注意過這點。但就在昨天，我有些同胞似乎該穿著絲綢，有些則衣衫襤褸；有些人該衣食豐足，其他人則該挨餓。現在則恰好相反，路上彼此擦身而過的男女穿著之間的顯著差異，讓我感到非常訝異；但更讓我驚訝的，則是生活優渥的人對不幸人群表達出的無感。這些能忍受同胞苦難的人，難道毫無良心嗎？然而在此同時，我也明白改變的是我，而非我的同世代人民。我夢見過一座城市，市民像同一個家庭裡的手足般對待彼此，也看顧彼此的一切。

真實波士頓的另外一項特點，則充滿了獨特的特異感，使其餘熟悉事物染上了一層新的感受：這點就是大量的廣告。二十世紀的波士頓沒有任何個人廣告，因為沒有必要；但這裡的建築牆壁、窗戶、每隻手中的報紙頁面、道路，與一切視線所及的事物上，除了天空以

40 譯注：Mephistopheles，德國的浮士德（Faustus）傳說中出現的惡魔，又名梅菲斯特。

外，都貼滿了個人文宣。這些人用上無數理由，就為了吸引他人為自己做出貢獻。內文也許不同，但這些請願的語調總是千篇一律：

「幫助約翰・瓊斯，別管別人。他們是騙子，我，約翰・瓊斯，才是對的人。向我購買物品，雇用我、拜訪我，聽我約翰・瓊斯說話。看我，別搞錯，約翰・瓊斯就是主角，其他人都不算數。讓其他人挨餓，但看在老天份上，記住約翰・瓊斯！」

我不知道自己究竟是對這種景象的病態或悖德感到訝異，使我在故鄉成了陌生人。我幾乎哭了出來，由於這些卑劣的人不願彼此幫忙，於是各階級的人注定向彼此乞討！這座充滿無恥武斷行徑與鄙視行為的混亂之城，這股充斥相互較勁的吹噓之言、請願和懇求的大混亂，這套由厚顏無恥乞討行為所構成的龐大體系，這一切只不過是社會的必要元素，人們得自行爭取用天賦服務世界的機會；被當作社會體系照顧的首要對象，並非所有人與生俱來的權利！

我抵達了華盛頓街道最繁忙之處；我站在該處，並大笑出聲，引來旁人的側目。當時我看見道路兩側無數的商店，不斷延伸到我看不見的街道另一頭——更可笑的是，在這麼短的距離內，居然有二十處店鋪在販賣相同的商品；我無法自制地大笑。商店！商店！商店！上英哩的商店！一萬家商店供應這一座城市需要的物資，而在我的夢中，所有商品都來自同一家倉庫，因為它們的訂單都來自位於每一區的一家大型店鋪，買家不需浪費時間與體力，就能在任何店鋪中找到自己在世上想要的任何物品。運送上用到的勞力，輕微到只在消費者負擔的物品價格中佔了微不足道的比例。消費者只負擔了生產成本，但在這裡，光是分發商品，和處理貨物上，就會為成本增加四分之一、三分之一，到一半以上的費用。這一萬間店家必須負擔房租、主管職員、銷售員、一萬組會計人員、臨時工和商務相關人員，加上他們花在宣傳自己和彼此競爭的花費，這一切都得由消費者買單。真是向國家乞討的知名過程！

是這些在我週遭的嚴肅人民，還是孩童們，用這種模式做生意呢？如果他們擁有理性，為何看不出當產品完工、並足以供應使用時，這種愚行使產品送到消費者手中前，浪費了太多成本呢？如果人們把食物從碗中舀到嘴邊時，用的是會漏掉一半內容物的湯匙，他們不會挨餓嗎？

我之前曾經走過華盛頓街上千次，也看過販賣商品的人如何作業，但我對他們的好奇心，強烈到彷彿自己之前從未見過他們的工作方式。我記下商店櫥窗的的模樣，裡頭的商品以充滿辛勞與藝術性的方式擺放，吸引路人的目光。我看到不少女性往店裡看，店家也渴望地盯著誘餌的效果。我走進店裡，便注意到長了鷹勾鼻的經理正注意著店裡狀況，並監督店員們，督促他們去誘使顧客購買、購買、購買；有錢就收錢，沒錢就收信用額度，讓顧客購買他們並不想要的物品、超過需求數量的物品，和他們無法負擔的物品。有時候，我會失去專注力，對眼前景象感到困惑。為何要費力誘使人們購物呢？這肯定和合法販賣商品給有需要的人無關。強迫別人購買他們不想要、卻對別人有用的商品，肯定是最嚴重的浪費行為。每次有這種事發生，國家就變得更窮。這些店員在想什麼？接著我想起，他們的工作方式，和我在夢境波士頓中看過的商店分配員不同。他們並非為大眾利益服務，只為了自己當下的利益，而他們並不在乎自身行為會對大眾繁榮造成哪些影響，只關注自己的收入是否增加，因為這些商品屬於自己，只要他們賣出越多商品，就能賺到越多錢。人們越浪費，因受到誘惑而買入越多自己不想要的商品，越能使這些商人獲益。波士頓中一萬家店鋪的目標，正是鼓勵揮霍。

這些店家與店員也沒比波士頓其他人壞上多少。他們得維持生計和養活家人，又該如何找到不需將自身利益放在他人利益之前的工作？不可能要求他們在等待我在夢中看過的體系時挨餓，而在該體系中，所有人的利益與福祉都相當一致。但老天呀！我周遭的社會環境——這座城市如此骯髒，人民彼此刻薄對待，還有這麼多人衣衫襤褸又飢餓！

過了一陣子後，我走進南波士頓，發現自己身處製造廠區之中。我之前來過此地上百次，就像華盛頓街一樣，但在這裡，我也首度察覺到眼前事物的真諦。之前我曾對波士頓擁有四千座獨立製造廠感到驕傲；但在這種分散與獨立中，我才發現了這類工業整體產品量低落的秘密。

如果華盛頓街像瘋人院中的走廊，這裡的景象則更為陰鬱，因為製造業有比經銷業更重要的功能。這四千座工廠不只工作不一致——光這點就造成了顯著的缺點——但彷彿這樣損失的人力還不夠，它們還極力想打亂彼此的工作；夜晚祈禱，白天則工作，都為了摧毀彼此的企業。

四面八方傳來的齒輪與鐵錘敲打聲並非祥和工業的聲響，而是競爭對手們刀劍交鋒時發出的噪音。這些工廠等同堡壘，每座堡壘都懸掛了自家的旗幟，槍口對準周遭的工廠，工兵則在底下忙碌工作，不斷削弱其餘堡壘。

每座堡壘內都有最嚴格的工業組織；不同幫派在單一掌權者底下做事，不准打擾或增加工作。每個人都有被分配到的任務，也沒人能偷懶。透過邏輯思考的空檔，與失去的理性連結，讓人無法辨識出將同樣法則，應用在國立工業上的必要性；如果對組織性的缺乏會阻礙工廠的效率，它肯定會對全國工業造成更具毀滅性的效果，因為後者的規模更大，與各種領域的關聯也更複雜。

人們會迅速嘲笑缺乏連隊、營部、軍團、旅團、師團或兵團的軍隊——事實上，該軍隊中沒有任何單位比由下士帶領的小隊還大，也沒有軍官比下士更高階，所有下士也都享有同等權力。然而，十九世紀波士頓的製造業就是這種軍隊，由四千個獨立下士所領導的獨立小隊構成的大軍，每個小隊還都有獨立的策略。

路邊四處都有無所事事的人群。有些人無法找到任何工作，其他人則無法找到讓他們滿意的薪資。

我向部分後者搭話，他們則向我大吐苦水，我很難安慰他們。「我為你們感到遺憾。」我說。「你們當然得到太少錢了，但讓我訝異的並非這些工廠付不出你們的維生費用，而是他們居然有能力付你們錢。」

之後，我回到半島城市中。大約三點時，我抵達州街，有如從未看過銀行與經紀商辦公室與其他金融機構般地盯著它們瞧，而我夢中的州街上卻毫無這些建築的蛛絲馬跡。商人、私人辦事員和跑腿小弟們在銀行內進進出出，因為銀行剩幾分鐘就要關門了。我常去辦公的銀行就在對面。我跨過街道，和人群一起走進行內，站在牆邊的縫隙旁，觀看一大群行員遞出金錢，存款人則在出納員窗口前大排長龍。我認識的一名老紳士（他是銀行的董事長）走過我身旁，在發現沉思的我後，便停下腳步片刻。

「這景象很有趣吧，魏斯特先生？」他說。「很完美的機制，我自己也這樣認為，有時候我也喜歡像你這樣觀察。這就像首詩，先生，我是這麼稱呼它的。魏斯特先生，你有沒有想過，銀行就是商業體系的核心？生命之血從中無止盡地湧出與回流。這股能量現在正往內流，明天早上又會流出來。」對自己那巧妙比喻感到滿意的老人，露出微笑並繼續向前走。

昨天的我會認為這段比喻恰如其分，但之後我拜訪了更為富裕的世界；在那個世界中，金錢是無人認識、也缺乏有效用途的東西。我了解到，金錢在我周遭世界有一席之地，只是因為產生國內生活必需品的事務，被丟給毫無秩序的個人勞力去應付，而不是被當作最普及的問題，並交由國家處置。這股初始錯誤造就了無盡的交易過程，才能催生商品的流動。這些由金錢引發的交易——從租屋區到後灣（Back Bay）的路程中能公平地看到這一切——好比將一批軍隊的人力調離有生產力的工作，以便管理該勞務，並持續引發體系中的毀滅性停頓，再加上對人類造成的墮落影響，也正好符合古代對金錢的稱呼：「萬惡之源」。

可憐的老銀行家與他的詩！他錯把膿瘡誤認為心跳。他稱為「完美機制」的東西，是個被用於彌補不必要缺陷的不完美設計，也像是自我摧殘者的笨拙拐杖。

銀行關門後，我漫無目標地在商業區晃了一兩個小時，在波士頓公園的一張長椅上坐下，饒富興味地望著路過的人群，彷彿在觀察異國城市的民眾。自從昨天後，我的同胞們和他們的生活方式，對我而言就變得相當怪異。我與他們為伍已經三十年了，但我似乎從沒注意過他們的臉孔有多緊繃又擔憂。無論是富人或窮人、受教育人士的聰慧臉龐，或愚人的駑鈍面容都一樣。不僅如此，我從未如此清楚地觀察到，每個人走路時，總會持續聽到耳邊傳來的幽魂低語；那股幽魂便是不確定感。「你永遠做不好工作。」幽魂悄聲說道。「即使早起並熬夜工作，巧取豪奪或誠懇服務，你也永遠不會得到安全感。就算現在你有錢，遲早也會遭遇貧窮。別把太多財富留給孩子，你無法確保自己的兒子會不會成為你僕人的僕從，也不曉得你女兒會不會為了餬口而出賣自己。」

有個路過的男人把一張宣傳卡塞到我手中，上頭寫了關於某種人壽保險新方案的好處。這件事讓我想起，這是唯一能使疲憊又受到煎熬的男女，獲得一丁點對不確定感的保護的事物；但糟糕的是，這種普遍需求的供應卻相當貧乏。我記得，透過這種方式，生活原本已經夠優渥的人能購買一筆不牢靠的信託，讓家人在他們死後，至少有段期間不會受他人踐踏。但僅只於此，也只有能負擔費用的人才能使用這服務。這些居住在以實瑪利[41]國度的可憐人民居然會想出這種主意，但每個人都忙於彼此對抗；而我在夢境之地見到的真正人身保險，則使每個人透過身為國民，得到了滿足任何需求的保證，這政策也受到全國十億人民的擔保。

一陣子後，我發現自己站在特里蒙街（Tremont Street）一處建築台階上，觀看一列行軍隊伍，有批軍團正在過街。在那可怕的一天裡，我首次感受到憐憫與訝異以外的情緒。眼前終於出現了秩序與理性，也展現了合作能成就的形象。表情雀躍的旁觀民眾——這對他們而言，只是看熱鬧而已嗎？他們看不出這就是完美的合作行為嗎？讓所有組織接受統一控制，使這些人成為強而有力的引擎，能夠打倒數量多上十倍的敵人。看到這麼明確的景象後，他們還無法比較國家作戰時使用的科學化策略，與工作時的反科學方案嗎？他們難道不會問：從何時開始，殺人變得比餵養照顧人民還更重要？受過訓的軍隊成為唯一配得上科學化策略的單位，人民則被矮化為暴民。

41　譯注：Ishmael，猶太教與可蘭經中的人物，此處引申為人類先祖。

已經快要傍晚了，街上擠滿了來自商店與工廠的勞工。天色逐漸變暗時，我隨著人群的強烈推擠前進，並察覺自己處於南灣（South Cove）租屋區中的骯髒地帶。我見過對人類勞力的瘋狂浪費；在這裡，我則見到那股浪費所衍生出的扭曲光景。

從四面八方破爛小屋的漆黑門窗中，飄出了腐臭的氣味。街道與巷弄瀰漫著奴隸船上的臭味。經過時，我瞥見了蒼白的嬰孩們在悶熱的腥臭中喘息，受到艱困生活折磨的女子們露出絕望神情，使她們的女性特質只剩下脆弱，窗口裡的女孩們，則揚起傲慢的雙眉並竊笑。就像穆斯林城鎮街道上肆虐的雜種狗群，一大群衣不蔽體的孩童，在廣場上的垃圾堆裡互毆時，也發出了尖叫與咒罵聲。

對我而言，這一切都不是新事物。我以前經常經過這一帶，也因當地的景象而感到作嘔，還對人類為了生存願意承受的極限條件，感到一股哲學性的詫異。但這不只是當代的經濟愚行，同樣也是道德上的醜惡成果；自從夢見另一世紀的景象後，我的眼光已不再受到遮蔽。我不再對煉獄中的可憐住民抱持冷淡的好奇心，彷彿他們是不像人類的生物。我將他們視為自己的兄弟姊妹、父母、子女，是我的血肉同胞。周遭悲哀人群現在不只讓我的感官受到刺激，也像把刀般刺穿了我的心，使我無法壓抑自身的嘆息與呻吟。我不只目睹，身體還感受到了所見事物。

而且，當我觀察身邊的可憐人時，我察覺他們都與死亡無異。他們的身體就是活生生的墳墓。在每個內心已死的人緊皺的眉間，似乎都寫著「長眠於此」。

當我害怕地來回審視死者的面容時，產生了某種幻覺。我看到彷彿像飄盪於虛空中的鬼魅臉龐，漂浮在每張粗鄙的面孔上；如果他們內心的靈魂還活著的話，這些充滿理想的臉龐，就會是他們的面容。一直到我注意到這些魅影臉孔，以及祂們眼中難以抵擋的責備，才明白這些苦難有多麼令人惋惜。我的心中充滿悔悟與強烈痛苦，因為我也曾是認為世道理應如此的人。我曾經是那些明知窮人的困境，卻不願多聽或多想到他們的人之一；我們假裝窮人並不存在，並繼續追求自身的娛樂與利益。因此，現在我覺得自己的衣服上沾滿了受苦同胞們的鮮血，他們的血液從地面向我發出怒吼。惡臭走道上的每一塊礫石，與受瘟疫肆虐的貧民窟中的每一塊磚塊，都在我逃跑時，在我身後叫道：你對你的弟弟亞伯[42]做了什麼？

之後，我不記得做了什麼，直到我站在我未婚妻位於聯邦大道（Commonwealth Avenue）

---

42 譯注：Abel，此處典故出自聖經中該隱殺死弟弟亞伯的故事。

上那雄偉住宅的石砌階梯上。在當天的混亂思緒中，我完全沒想到她，但我的雙腳遵從了某種潛意識的衝動，帶我走往她的門口。我被告知說她家人在吃晚餐，但他們說我應該加入。除了他們一家人外，我也見到好幾個自己也認識的客人。餐桌上擺滿盤子與昂貴的瓷器，女士們穿著華麗，還配戴了女王般的珠寶。這光景充滿要價不斐的優雅與奢華，人們興高采烈，桌邊充斥著笑聲與連珠炮般的笑話。

對我來說，這彷彿是當我在末日般的景象流浪時，一見到周遭的一切，我的血就化為淚水，靈魂也轉趨悲傷、憐憫，與絕望，此時竟碰上了一群快樂的酒客。我沉默地坐著，直到伊迪絲注意到我嚴肅的神情，並問我怎麼了。其他人迅速頑皮地一同加入話題，我則成了笑鬧與譏諷的對象。我去哪了？究竟是看到什麼東西，讓我變得這麼陰鬱？

「我去了髑髏地[43]。」最後我回答。「我見到了被掛在十字架上的人性！你們居然還能高談闊論，難道沒人知道太陽與星辰在這座城市中看到了哪種景象嗎？你們不知道，在你們的門外有一大群男女，全是你們的同胞，正過著從出生到死都得經歷的痛苦嗎？聽好了！他們的住所非常靠近，如果你們停止大笑，就會聽到他們悲苦的嗓音、被貧窮養大的孩子們那可憐叫聲、幾乎要變回禽獸的悲慘人們的嘶啞咒罵聲，和販賣自己維生的女子們的討價還價聲。你們究竟用什麼擋住了自己的耳朵，讓自己無法聽到這些悲傷的聲響？對我來說，其他我什麼都聽不見。」

我說完後，沉默隨即落下。當我發言時，一股同情席捲了我全身，但當我抬頭看其他人時，我發現對方並不像我一樣激動，反而流露出冰冷又無情的震驚，伊迪絲則嚇得六神無主，她父親則怒氣衝天。女士們彼此交換反感的眼神，其中一名男士則戴上眼鏡，帶著科學家般的好奇眼神盯著我。當我發現自己無法忍受的事，居然絲毫無法觸動他們，而我真心誠意的言語，居然只讓他們反感；我先是感到震驚，接著打從心底感到一股絕望的噁心與暈眩。如果充滿智識的男子與溫和的女子都無法被這種事打動，這世界與其中的不幸人士還有什麼希望？接著我認為，肯定是因為我的說法錯誤，我的表達方式一定很糟。他們生氣的原因，是以為我在責罵他們，但我只想到現實中的恐怖，完全沒打算把責任歸咎到任何人身上。

我壓下情緒，試著冷靜並理性地說，我能修正剛剛的說法。我告訴他們，我並不是要指控他們，彷彿所有富人都得為世上的苦難揹起責任。但他們製造的多餘浪費，如果轉移到別

43　譯注：Golgotha，聖經中記載，耶穌基督在此處被釘上十字架。

的用途上，確實能改善不少苦難。這些昂貴的珍饈、美酒、高級衣著與閃亮的珠寶，都能換回許多條生命。當他們住在受到飢荒侵襲的地區時，卻依然鋪張浪費。儘管如此，就算所有富人浪費的資源都省了下來，也難以改善世上的貧窮狀況。物資量太少，不足以平分；即使富人和窮人分享資源，也只會造成均貧，不過同胞之情依然令人感到溫馨。

人類愚行才是世上貧窮的主因，而不是他們的鐵石心腸。使人類生活狀況變得悲慘的，並非單一個體或任何階級，而是一個醜陋無比的錯誤，也是龐大到能使世界落入黑暗的大錯。我隨即向他們展示五分之四的勞動力是如何在競爭以及組織與勞工間和諧關係的缺乏中遭到徹底浪費。我打算將議題說得淺顯易懂，便告訴他們不毛之地的範例：該地的土壤只有在細心灌溉後，才可能長出新生命。我談到在這種國家中，政府最重要的功能，便是注意不讓水因個人自私或無知而浪費，不然就會發生飢荒。因此，水的用途被嚴格地系統化管控，且不允許容易異想天開的民眾，將建築水壩或水源改向，其他的干擾方式也一樣。

我解釋道，勞動力是唯一能使大地變得可供居住的重要河流。一開始只是條小溪，但如果要讓世界繁榮興盛，在溪水的使用上，就得受到能最大化每一滴水用途的體系管控。但現實跟任何體系完全無關！每個人恣意浪費寶貴的水源，唯一行為動機只有保全自己的農作物，和毀壞他人的農作物，以便讓自己的生意變好。由於貪婪和敵意，有些農地淹了水，有些則變得乾涸，而有一半水源則全數浪費。在這樣的土地上，儘管少數人能透過力量或智慧，來贏得奢華的生活，大多數人肯定會墮入貧窮，弱者和無知者則受害於缺乏物資與多年飢荒。

讓受飢荒侵襲的國家重拾之前被遺忘的功能，並為大眾福祉管控賜予生命的河流，大地就能像花園般綻放，它的孩子們也不會缺乏好東西。我描述了所有人都能享有的生理福祉、心理啟蒙與道德提升。我充滿熱忱地提到一個物資充沛的新世界，它公正無私且充滿同胞情誼；這是我夢到的世界，不過很容易成為現實。但當我期待周圍的人產生和我一樣的情感時，他們卻變得更加陰沉憤怒，還充滿蔑視。女士們沒有展現熱情，反而害怕地想閃躲，男人們則吼出責備與輕蔑的話語。他們喊叫的內容包括「瘋子！」「有病的傢伙！」「神經病！」「社會公敵！」，之前對我戴上眼鏡的男子則驚呼：「他說社會上不該有窮人！哈！哈！」

「把他趕出去！」我未婚妻的父親叫道，男人們則應聲從位子上跳了起來，並走向我。

由於發現對我如此明顯又重要的事，對他們而言居然毫無意義，而我自己也無力改變，這使我感到十分心碎。我原本想以滿腔熱血融化冰山，卻發現它的冷冽使我的內臟結凍。當他們包圍我時，我對他們感到的不是敵意，而是為他們與世界感到的憐憫。

儘管相當絕望，我卻不能放棄，我繼續與他們抗爭。我的眼中流下淚水，情急之下，我變得口齒不清。我喘息、啜泣、又呻吟，並隨即發現自己從里特醫生家中房內的床上坐了起來，早晨的陽光正透過敞開的窗戶，照入我的眼睛裡。我喘著大氣，淚水順著我的臉龐流下，我也不斷顫抖。

＊＊＊

就和夢到自己再次遭到逮捕，並送回惡臭漆黑地牢中的逃犯一樣，當逃犯睜開眼睛，看到頭頂開闊的天空時，我的感覺就和他一樣。這時我才明白，自己回到十九世紀的旅程只不過是夢境，二十世紀的生活才是現實。

我在夢中看到的殘酷景象，的確來自我過往的生活經驗，不過這些事件肯定曾經在最後觸動了同情人士的淚水；感謝上帝，這些日子已不復返。過往的壓迫者與被壓榨者、先知與輕視者，都已化為塵土。數世代以來，富有和貧窮已成了被遺忘的字彙。

但在當下，當我還對世界的偉大救贖與我目睹這奇觀的特權心存感激時，一股羞恥感、悔恨，與自我責難像刀鋒般刺穿了我的心，使我將頭低垂到胸前，並讓我希望墳墓將我和我的同胞們一同埋入黃泉。因為我是來自昔日的人，我做過什麼事，能催生自己目前享受的福祉？度過那些殘忍又無意義的時代的我，做過什麼讓那時代結束的事嗎？我曾對同胞的慘況視而不見，對更好的事物抱持嘲諷態度；這心態和我的同胞一樣，就像是崇拜混亂與黑夜的信徒。以我的個人影響力看來，與其說幫助當時就已萌生的解放同胞運動，我可能還阻礙了這種進步。我有什麼權利迎接責備過我的救贖，還享受我曾嘲諷的未來？

「最好，最好，」我心中響起一股聲音，「最好是這股惡夢成為現實，而這美麗的現實則成為夢境；最好由你為被掛上十字架的人性，向嘲諷你的世代懇求，而不是待在這裡，從不是由你挖掘的井中飲水，還吃下由被你打死的園丁種下的樹所長出的果實。」我的靈魂則回答：「確實，那樣最好。」

當我終於抬起頭，並望向窗外時，與晨曦一樣充滿活力的伊迪絲走進花園採花。我趕忙下樓找她。我跪在她面前，臉龐壓低到塵土上，並含淚坦承自己有多不配呼吸這黃金國度的空氣，也永遠不配在胸前掛起這世界的完美花朵。幸運的是，即使像我這種絕望的人，也找到了如此慈悲的法官。

後記 世界進步的速度

致《波士頓晚報》編輯：一八八八年三月三十日的《波士頓晚報》刊載了一篇《百年回首》的書評，我希望能在此予以回應。本書描述的情節，包括受二十世紀的美國人民採納的新穎社會與工業結構，並非描述人類永遠不可能達到的福祉與道德發展；前提是有足夠時間能使人類演化，脫離目前的混亂社會。由於搞不清楚這點，該評論者認為作者犯了愚蠢的錯誤，這和本書作為寫實想像作品的價值完全不同。與其將理想社會狀態的實現放到區區五十年後，評論者建議作者該把時間改成七十五世紀後。七十五世紀與五十年之間肯定有莫大的差異，而如果評論者對人類進步速度的估算正確，世界的未來肯定不太樂觀。但他是對的嗎？我想不然。

儘管《百年回首》是本虛構小說，卻完全設定為根據演化原則所做出的預測，推論人類在工業與社會發展上的下一階段，特別是在本國的演變；作者相信書中所有內容都有可能性，而不只是單純預測新時代即將展開，黃金年代也將隨之而來。在預測了這麼多變化後，這一切一開始看起來令人難以置信嗎？國家的大規模轉變，經常在好幾世紀內都無人察覺，然而一旦開始，就會以高速達到頂點，而不是遭到限制，這不正是歷史的教訓嗎？

當魁北克在一七五九年陷落時，英格蘭在美洲的勢力似乎無人能敵，也確保了殖民地繼續維持附庸區的地位。儘管如此，三十年後，美國第一任總統宣布就職。一八四九年，諾瓦拉戰役[44]後，義大利的狀況似乎從中世紀以來就沒有如此無望過；但十五年後，維克多・埃曼紐爾（Victor Emmanuel）便接受加冕成為義大利國王。一八六四年，統一日耳曼的千年大夢似乎還遙不可及。七年後這理想便已成真，威廉一世在凡爾賽宮戴上巴巴羅薩王冠（Barbarossa）。一八三二年，最初期的反奴隸團體在波士頓由少數有志份子建立。三十八年後的一八七〇年，該團體解散，而目的已經達成。

這些先例自然不是要證明《百年回首》中記載的工業與社會轉變即將到來；但它們的確

44 譯注：第一次義大利獨立戰爭中在諾瓦拉發生的重要戰役。

凸顯出當道德與經濟條件成熟時，時勢就會以高速發展。當時機到來時，沒有其他變化比歷史大舞台的轉變速度更為神奇。問題並非在於改變的幅度得有多大，才會為新的合作文明鋪路，而是目前是否產生了任何社會轉變的徵兆。造就變化的因素從亙古以來就不斷造成影響。對創造終極社會模式的趨勢而言，儘管該社會對物質繁榮更有效率，卻也該滿足道德感，而非反抗它；每道對貧窮發出的嘆息、每滴同情的淚水、每股人道衝動、每股慷慨的熱忱、每種真實的宗教感、每個透過同情，而以各種目的彼此連結的人所做出的行為，都造就了文明的起點。這股漫長又不斷拓張的影響趨勢，終將掃去它削弱已久的障礙，也會成為現代人心中普遍的想法，反映在當代社會結構的缺點上。世上的奮鬥者不只進行著某種規模涵蓋全世界的起義行動，來自各階級的人道男女，每個人都心懷焦慮，準備掀起全盤革命，抵抗使生命矮化成為生存奮鬥的社會條件，嘲諷所有道德與宗教法則，並使慈善事業徹底消失。

從冰天凍地的北極飄來的冰山，受到溫暖的海水侵蝕後，最後變得不穩定，並透過預示山崩的劇烈搖動，影響了綿延數英哩的海面；從蠻荒古代傳到我們手上的工業與社會體系，也遭當代人道精神所打壓，並受到經濟學的批判，目前正以預告它崩盤狀況的震盪前兆來搖晃世界。

所有知識份子都同意，當下社會狀況代表了將來的劇變。唯一的問題是，這樣的變化究竟孰優孰劣？信任人類基本美德的人傾向於前者，堅信人類卑劣性格的人則相信後者。對我而言，我深信前者的可能性。《百年回首》的寫作信念，是黃金時代處在我們的未來，而非過去，到來的時刻也不久了。我們的孩子們肯定看得見那時代，如果我們的信念與貢獻成功的話，已成為成年男女的我們也能親眼目睹。

愛德華・貝拉米

國家圖書館出版品預行編目（CIP）資料

百年回首2000-1887：烏托邦小說經典，形塑十九世紀人民對未來美好想像的定錨之作／愛德華．貝拉米（Edward Bellamy）著；李函譯. -- 初版. -- 新北市：堡壘文化, 2020.05
面；　公分. -- (New black ; 2)
譯自：Looking backward, 2000-1887.

ISBN 978-986-98741-4-4（平裝）

874.57　　　　109003532

New Black 002

百年回首

作者　愛德華．貝拉米（Edward Bellamy）
譯者　李函
責任編輯　簡欣彥
封面設計　井十二設計研究室

社長　郭重興
發行人兼出版總監　曾大福
出版　堡壘文化／遠足文化事業股份有限公司
地址　231新北市新店區民權路108-2號9樓
電話　02-22181417
傳真　02-22188057
Email　service@bookrep.com.tw
郵撥帳號　19504465
客服專線　0800-221-029
網址　http://www.bookrep.com.tw
法律顧問　華洋法律事務所　蘇文生律師
印製　呈靖彩藝有限公司
初版1刷　2020年5月
定價　新臺幣340元